Marie Desplechin

A & O

Marie Desplechin

A & O

Aus dem Französischen
von Ingrid Ickler

Boje

Boje Verlag
in der Bastei Lübbe GmbH & Co. KG

Die französische Originalausgabe erschien 2010 unter dem Titel
»La Belle Adèle« bei Gallimard Jeunesse, Paris

Aus dem Französischen von Ingrid Ickler
Textredaktion: Diana Steinbrede, Duisburg
Umschlaggestaltung: Sandra Taufer, München
Umschlagmotive: © Orla / shutterstock;
Edyta Pawlowska / shutterstock; Madlen / shutterstock;
azzzya / shutterstock; tsaplia / shutterstock;
blue67design / shutterstock
Gesetzt aus der Goudy Oldstyle
Druck und Einband: GGP Media GmbH, Pößneck

Printed in Germany
ISBN 978-3-414-82314-4

1. Auflage 2011

Sie finden uns im Internet unter: www.boje-verlag.de

Für Emmanuelle Caussé,
eine wertvolle Freundin, der ich die Idee
für das falsche Schulpärchen verdanke
– eine mutige Strategin, die mich sicher
durch viele Schwierigkeiten gelotst hat.

Kapitel 1

»Kannst du dich nicht wenigstens ein kleines bisschen bemühen?« Das war der Satz, der alles ins Rollen brachte, jedenfalls soweit ich mich erinnere. Und natürlich der passende Gesichtsausdruck dazu. Wenn diese Worte nicht gefallen wären, wenn meine Tante dabei nicht so bestürzt und tief enttäuscht ausgesehen hätte, dann hätte ich die Entscheidungen sicher nicht so getroffen, wie ich es getan habe. Und sie hätten nicht die Konsequenzen gehabt, die sie hatten. Wie beim Schmetterlingseffekt: Der Flügelschlag eines Schmetterlings kann einen Tornado auslösen. Meine Tante war also der Schmetterling und sie schlug die Flügel, so oft sie konnte. Der Tornado kam dann später.

»Kannst du dich nicht wenigstens ein kleines bisschen bemühen?« Einige Sekunden lang überlegte ich mir, was sie damit eigentlich meinte. Ich war nicht ungepflegter und auch nicht unfreundlicher gewesen als sonst. Und für gewöhnlich war ich ziemlich gepflegt und liebenswürdig. Aber der verzweifelte Blick, mit dem sie mich von oben bis unten musterte, sprach Bände: Es ging um mein Aussehen. Nicht um meine Intelligenz, nicht um meine sportlichen Leistungen, meine Kontaktfähigkeit oder meine Zeugnisnoten. Es ging um meinen äußeren Eindruck. Irgendetwas stimmte nicht. Ganz und gar nicht.

»Was ist denn mit mir nicht in Ordnung?«

»Hast du dich mal im Spiegel angesehen, bevor du aus dem Haus gegangen bist?«

Jetzt wurde sie beleidigend. Aber ich hatte nicht den Mut, es ihr zu sagen. Mir lag auf der Zunge: »Und du? Hast du *dich* eigentlich mal angeschaut?« Aber das sagt man nicht zu jemandem, der einem altersmäßig weit voraus ist (sie ist fast drei Mal so alt wie ich), der in der Familienhierarchie über einem steht (ich bin nur die Nichte) und der nicht als übermäßig gemein gilt (sie steht eher im Ruf, ziemlich harmoniebedürftig zu sein).

»Nein«, antwortete ich.

Was auch der Wahrheit entsprach. Ich hätte auf strafmildernde Umstände plädieren können, weil ich nicht in den Spiegel geschaut hatte. Sie dagegen hatte bestimmt geraume Zeit davor verbracht. In welchem Outfit man das Haus verließ, das war immerhin eine schwerwiegende Entscheidung, da musste das Für und Wider abgewogen werden. Und dann musste man zu seiner Entscheidung stehen.

Was ihr Erscheinungsbild betraf, überließ meine Tante nichts dem Zufall. Alles war sorgfältig aufeinander abgestimmt: ihr knielanges Kleid, die blondierten Haare, der petrolblaue Lidschatten, die hochhackigen Schuhe, in die sie sich gequält hatte, all das war genauestens geplant. Und es war schrecklich.

»Meine arme Kleine«, seufzte sie.

»Was?«

Sie antwortete nicht, sondern wiederholte nur: »Meine arme Kleine …«

Mehr musste sie auch nicht sagen. Ich wusste genau, was sie dachte: Wann wird sich dieser Trampel endlich in ein hübsches Mädchen verwandeln? Wann wird sie sich endlich von diesen formlosen Fetzen und den ausgelatschten Turnschuhen trennen? Ihren Körper betonen und mit ihrer Ausstrahlung andere in den Bann ziehen: »Was für ein hübsches junges Mädchen!« Das war es, woran meine Tante dachte. Es war Zeit für mich, die Schwelle zur Weiblichkeit zu überschreiten, so wie sie es vor Jahrzehnten auch getan hatte. Sie meinte es bestimmt gut und ging davon aus, dass ich mir darüber einfach noch keine Gedanken gemacht hatte. Dass mein Look eine Bewusstseinstrübung war, Unvermögen, purer Zufall oder einfach Schlamperei. Es lag nicht daran, dass ich nicht wollte. Bestimmt nicht. Ich wusste es einfach nicht besser. Und sie hoffte, dass mir irgendwann die Erleuchtung kommen würde, mit ihrer Hilfe natürlich. Die Patentante als gute Fee (so sah sie auch aus, es fehlte nur noch der Zauberstab). Sie versuchte nur mir zu helfen. Auf ihre Weise.

Am Tag, als der Schmetterling mit den Flügeln schlug, trafen wir uns an der Metro-Haltestelle, ganz in der Nähe der großen Kaufhäuser. Anlässlich meines Geburtstags wollte meine Tante mir »etwas zukommen lassen«. Mit ihren Worten und in diesem Zusammenhang bedeutete das: ein Geschenk. Damit war ich einverstanden. Zu einem Geschenk würde ich nie Nein sagen, mochte es auch noch so klein sein. Und als Gegenleistung für das »zukommen lassen«, sollte ich am Nachmittag mit ihr shoppen gehen. Nichts auf der Welt hasste ich mehr. Doch für meine Tante war es das Größte, stundenlang durch die Geschäfte zu ziehen und sich Klamotten anzusehen, die sie dann doch nicht kaufte. Sie fummelte an ihnen herum, probierte sie sogar an. Dieser Nachmittag stand also ganz im Zeichen der Gutherzigkeit (für sie) und der Dankbarkeit (für mich). Wir würden Arm in Arm durch die Läden schlendern und mir etwas kaufen. Irgendetwas, das hübsche junge Mädchen gut fanden, das jedenfalls stand zu befürchten.

Kapitel 2

In unserer Familie (etwa zehn Leute, Hunde mitgezählt), hat meine Tante den Spitznamen »Sopha«. Sopha ist die einigermaßen missglückte Mischung aus Sophie und Annouck, die Kombination ihrer beiden Vornamen also. Eben diese Sopha umklammerte gerade mit ziemlich unweiblichem Nachdruck meinen Arm und stürmte mit großen Schritten durch die Gänge der Damenabteilung. Sie wusste genau, wo sie hinwollte, daran gab es nicht den geringsten Zweifel. Im Gegensatz zu mir. Aber das spielte keine Rolle. Sie hatte mich voll im Griff, ich war die Geisel eines versprochenen Geschenks.

Missmutig folgte ich im Schlepptau meiner Tante, die auf ihren Pumps regelrecht zu fliegen schien (mit Pumps kenne ich mich nicht so aus, aber eines war klar: Pantoffeln waren es nicht), bis wir vor einem Reklameschild stoppten, auf dem etwas stand, das sich ziemlich amerikanisch anhörte. Eine junge Frau hinter der Kasse lächelte uns ausgesprochen freundlich an. Ich nahm an, dass sie Sopha kannte. Irrtum. Diese junge Frau lächelte allen potenziellen Kundinnen, die bei ihr Halt machten, auf diese Weise zu. Männlichen Kunden hätte sie natürlich ebenso zugelächelt. Aber Männer sah man hier selten, höchstens als Begleitschutz. Sie wirkten dabei, als hätten sie sich verirrt und wären eigentlich lieber mit etwas anderem beschäftigt.

»Bonjour!«, grüßte die junge Frau höchst engagiert.

»Mademoiselle«, Sophas Stimme hatte einen drohenden Unterton, »es geht um dieses junge Mädchen ...«

Die Verkäuferin schenkte mir einen kurzen Blick. Es war von vornherein klar, dass sie Sophas Meinung voll und ganz teilte. *Sie könnte sich wenigstens ein kleines bisschen Mühe geben*, lag wie ein stummer Vorwurf in ihren Augen.

»Etwas Unauffälliges?«

Ohne uns Zeit zu einer Antwort zu lassen, fügte sie hinzu: »Make-up ist etwas Neues für dich, oder?«

Ich schätze es gar nicht, wenn mich wildfremde Menschen duzen. So als würde man mich nicht ernst nehmen oder mich mit einem Kind verwechseln.

»Ganz recht, Madame, Sie liegen genau richtig.«

Sie zog die Augenbrauen hoch.

»Du kannst mich ruhig Clara nennen!«

»Ja, Madame.«

Ich brach wahrscheinlich gerade den Weltrekord in der Disziplin »unhöfliches Verhalten«. Es wurde Zeit, dass Sopha eingriff und die Situation rettete.

»Ein wenig Puder ins Gesicht, etwas Farbe und Mascara für die Augen, da wirkt der Blick gleich offener ...«

Clara kramte voller Tatendrang in einer Schminkkassette auf dem Tresen gleich neben der Kasse.

»Wir werden alles mal ausprobieren, damit sich die junge Dame ein Bild machen kann. Sie kann gerne dort auf dem Hocker vor dem großen Spiegel Platz nehmen ...«

Ich war von der zweiten zur dritten Person geworden und die Situation entwickelte sich gerade zum Albtraum. Ich stammelte: »Ich denke nicht, dass ...«

Als ob ich eine Wahl gehabt hätte. Sopha dirigierte mich resolut auf den Hocker und ich warf einen verzweifelten Blick in die Runde. Bestimmt würde mich jemand sehen, der mich kannte. Auf diesem riesigen Hocker saß ich ja regelrecht auf dem Präsentierteller.

»Die junge Dame wird jetzt die Augen schließen«, bestimmte Clara und griff nach einem zerzausten Pinsel. Ich tat, wie geheißen, und betete, die Augen nie wieder öffnen zu müssen. Aber Gott hatte wohl andere Pläne mit mir, denn als ich die Augenlider wieder aufklappte, war ich immer noch am Leben, nur als anderer Mensch. Meine Augenlider. Sie waren malvenfarben. Ein schönes Blasslila, fast schon violett, eine Farbe wie wenn man mit dem Kopf gegen eine Türkante geknallt ist. Der Rest sah ähnlich aus. Hier ein bisschen Orange, dort etwas Rot (in meinem Fall auf den Wangen). Zugegeben, erkannt habe ich mich schon noch. Das war ich – aber bemalt. Als ob ich vorhätte, bei einer Castingshow aufzutreten. In einem glänzenden Etuikleid auf der Bühne eines Nachtclubs.

Clara musterte mich liebevoll und nur ihre eiserne Disziplin verhinderte, dass sie vor Stolz platzte. Sopha strahlte.

»Nun? Zufrieden?«

Was sollte ich sagen?

»Unglaublich«, murmelte ich und fügte dann hinzu: »Kann ich das jetzt wieder abwischen?«

Meine beiden Wohltäterinnen brachen in lautes Gelächter aus. Sie lachten so sehr, dass sie ihre Augenwinkel abtupfen mussten (wegen der Wimperntusche).

»Aber mein Schatz!«, japste Sopha. »Das ist doch mein Geschenk für dich!«

Sie zog ihre Kreditkarte heraus, um zu bezahlen, während Clara hochzufrieden die kleinen Döschen und Schächtelchen verpackte. Ich hatte schon gehofft, das Kaufhaus unerkannt verlassen zu können, als ich mit erschreckender Deutlichkeit ganz dicht neben mir eine Stimme hörte: »Amelie? Bist du das?«

Kapitel 3

Oscar Lin starrte mich verwirrt an. Wie Tarzan bei Jane wiederholte er seine Frage: »Du? Amelie?«

Er tat mir leid. Ich konnte ihn nicht länger schmoren lassen. »Ich Amelie. Du Oscar.«

Dann überrumpelte ich ihn.

»Und was machst du hier?«

Ein guter Schachzug, denn er fühlte sich ertappt.

»Ich? Gar nichts. Meine Mutter ist schuld. Sie hat mich gezwungen. Sie will mir ein Jackett kaufen.«

Dann verstummte er, ohne jedoch seinen Blick von meinem angepinselten Gesicht abwenden zu können. Es war mehr als deutlich, in welch dramatischer Situation ich mich befand, sodass er auf blöde Fragen verzichtete, um es nicht noch schlimmer zu machen.

Wirklich nett von ihm. Und keine Überraschung. Oscar ist nett. Er ist sogar zu nett. Seine Freundlichkeit bringt ihm nur Ärger ein, aber er kann nicht anders, er kann es einfach nicht lassen. Schon für ein Mädchen ist es nicht von Vorteil, nett zu sein, da besteht schnell die Gefahr, dass man sie für blöd hält. Bei einem Jungen ist die Sache natürlich richtig übel. Unter Jungs gilt Freundlichkeit nicht nur als Vorrecht geistig Zurückgebliebener, sondern auch als Zeichen für Schwäche und Unmännlichkeit. Ein freundlicher Junge strahlt immer etwas Empfindliches und Zartes aus, was ihn in einer Gruppe sofort zum Opfer macht, egal, wer sonst noch dabei ist.

Um sich Freundlichkeit leisten zu können, muss man noch andere Trümpfe im Ärmel haben. Einen schwarzen Gürtel zum Beispiel. Allerdings hatte Oscar weder mit Karate noch mit Judo etwas am Hut. Er mochte überhaupt keinen Sport, fürchte ich.

Damit hatte er den Platz des Opfers fest gebucht. Man könnte fast sagen, er hatte das Monopol dafür. Seit der Grundschule. Ich weiß das, schließlich war ich damals schon in seiner Klasse.

Unsere Geschichte begann in der ersten Klasse. Wir haben uns sozusagen gesucht und gefunden. Er mit seinem netten Gesicht und seiner unerschütterlichen Freundlichkeit. Und ich mit meinen Haaren, die in alle Richtungen abstanden, und mit meinen schlechten Manieren.

Alles hatte auf dem Pausenhof angefangen, denn es war klar, dass er ohne Hilfe dort nicht überlebt hätte. Er war eine Niete beim Fußball, beim Fangen und beim Raufen. Eigentlich konnte er gar nichts, außer in einer Ecke kauern und mit kleinen Steinchen spielen, die er sammelte um damit Türme zu bauen.

»Schau mal, eine Stadt!«

Das war der erste Satz, den er an mich richtete. Kurz darauf kam ein strubbeliges Minimonster angerannt, kickte gegen die aufgetürmten Steine und rannte schreiend davon. Schreien war anscheinend sein Ding. Oscar betrachtete die zerstörte kleine Stadt verständnislos und traurig. Ich dagegen nahm die Verfolgung des Brüllaffen auf. Und ich bekam ihn. Danach brauchte es zwei Lehrerinnen, damit ich ihn wieder losließ. Ich hatte ihn im Klammergriff und zerrte an seinen Zottelhaaren. Ich wurde bestraft. Aber Oscar hatte seine Ruhe und ich meinen Ruf weg.

In den folgenden zehn Jahren hatten wir uns beide kaum verändert. Oscar Lin verbrachte die Pausen immer noch in einer Ecke und träumte vor sich hin und ich hatte immer noch einen ziemlich schlechten Ruf.

»Dieses Jackett«, flüsterte Oscar, »echt ätzend. Mit meiner Mutter einkaufen zu gehen ist ein Albtraum. Sie hat überhaupt keinen Geschmack und außerdem finde ich sie peinlich.«

Seine Mutter stand etwas abseits und sah uns mit einem freundlichen Lächeln an. Sie wartete geduldig, bis ihr Herr Sohn sein Gespräch beendet hatte, um ihn danach durch die Gänge der

Herrenabteilung zu zerren. So sah es jedenfalls aus. Ich wünschte, Sopha würde sich an diesem Feingefühl ein Beispiel nehmen. Als meine Tante bemerkte, dass ich mit Oscar sprach, stürzte sie sich geradezu auf uns, die Ohren auf Empfang. Fast glaubte ich zu sehen, wie sich ihre Lauscher aufstellten, um ja keine Silbe unserer Unterhaltung zu verpassen. Aber das war nicht das Schlimmste. Wirklich schlimm war dieses dämonische Leuchten in ihren Augen. Sie sah uns begierig an. Vor allem Oscar. Sie scannte sein fein geschnittenes Gesicht, die von dunklen Wimpern gesäumten Augen, das gekonnte Haare-nach-hinten-Schnicken. Sie fand ihn hübsch, wunderbar, fantastisch – wie geschaffen als Freund für ihre Nichte. Sie ließ ihn nicht aus den Augen, nur hin und wieder warf sie dieser idiotischen Clara einen komplizenhaften Blick zu, die ihr Lächeln hinter den blutrot lackierten Fingernägeln verbarg. Ich konnte die Sprechblase über Sophas Kopf sehen: »Nur ein bisschen Schminke und schon gehört dieser süße Typ ihr!«

Sie war überzeugt, den Frosch in eine Prinzessin verwandelt zu haben. Total beknackt ...

Kapitel 4

Der Nachmittag neigte sich seinem Ende zu, als Sopha und ich uns auf den Heimweg machten, beide in stolzer Kriegsbemalung. Ich hatte gehofft, dass wir meinen schlimmsten Feinden begegnen und sie in die Flucht treiben würden, aber augenscheinlich machten wir niemandem Angst, außer mir selbst. Tapfer näherten wir uns der Wohnung meiner Mutter, wo wir bereits erwartet wurden. Sopha hatte ihren Triumph nicht für sich behalten können und von unterwegs angerufen.

»Du wirst schon sehen! Du wirst schon sehen ...«, hatte sie triumphierend ins Telefon trompetet.

Meine Mutter stand also bereits kurz vor einem Nervenzusammenbruch.

Als wir die Wohnung betraten, wusch sie sich gerade über der Badewanne die Haare.

»Ja und?«, fragte sie.

Sie trug ihren alten Morgenmantel und blinzelte uns aus ihren kurzsichtigen Augen an, in Erwartung einer Überraschung. Fehlanzeige. Ihr fiel absolut nichts auf. Sopha hätte enttäuscht sein können, wenn sie nur genug Fantasie gehabt hätte, um anzunehmen, dass ihrer Schwester wirklich nichts auffiel. Aber sie dachte natürlich, dass der Grund, warum sie nicht sofort in Ekstase geriet, ihre Kurzsichtigkeit war. Sie wartete deshalb gespannt ab, irgendwann würden sich die Augen meiner Mutter schon scharf gestellt haben. Ich dagegen war schon fast wieder beruhigt. Wahrscheinlich war die Wimperntusche verblasst und der feine Puder auf dem Weg hierher längst verflogen und ich sah wieder ganz normal aus.

Irrtum. Tante Sopha hatte natürlich recht. Die mütterlichen Pupillen waren jetzt aufnahmebereit. Sie riss die Augen auf.

»Amelie! Was ist denn mit dir passiert?«

Wir steuerten schnurstracks auf eine diplomatische Krise zu. Aber Sopha war nicht der Typ Frau, der sich von so etwas den Nachmittag verderben ließ.

»Das ist mein Geschenk!« Sie betonte jedes Wort.

»Ah ...«, entgegnete meine Mutter leise, »ihr seid ...«

»Wir haben uns schminken lassen. Das ist mein Geschenk für Amelie, eine Grundausstattung Make-up inklusive!«

»Das ist ...«, stammelte meine Mutter, »das ist ...«

»Entzückend!«

Ich ließ das die beiden unter sich ausmachen, immerhin sind sie Schwestern und an solche Situationen gewöhnt. Meine Mutter rubbelte sich mit einem Handtuch die Haare trocken, sodass man ihr Gesicht nicht sehen konnte. Sopha wartete, bis ihre Nasenspitze endlich wieder auftauchte.

»Sie ist jetzt in dem Alter, in dem Mädchen auf sich achten, oder?«, fragte sie in herausforderndem Ton, als ob meine Mutter sowohl das »Auf-sich-Achten« als auch mein Aussehen kritisiert hätte. »Sie ist hübsch, deine Tochter! Und es wird Zeit, dass sie lernt, das auch zu unterstreichen. Und wie du siehst, kann schon ein Hauch Make-up Großes bewirken.«

Meine Mutter rubbelte und rubbelte. Sie würde sich noch die Haare ausreißen.

»Natürlich«, einmal in Schwung gekommen, ließ Sopha nicht locker, »muss sie auch noch lernen, die richtigen Klamotten zu tragen ... Ich übernehme das gerne und gehe mit ihr einkaufen. Ich bin ein echter Shopaholic, das weißt du doch. Was hältst du von einem der nächsten Wochenenden? Da haben wir beide unseren Spaß. Nicht wahr, mein Schatz?«

»Mein Schatz« galt mir, da gab es keinen Zweifel. Es wurde auch höchste Zeit. Ich hatte schon befürchtet, meine Meinung spielte in dieser Sache überhaupt keine Rolle mehr.

»Also ... Shoppen macht mir eigentlich keinen großen Spaß«, wagte ich einen schüchternen Versuch.

»Mit mir zusammen ist das was anderes! Du wirst begeistert sein!«

Und ich schwor mir, ihr die nächsten vierzig Jahre aus dem Weg zu gehen.

Entweder meine Mutter entschied sich jetzt, mir konsequent zur Seite zu stehen, oder ich würde zum Spielball meiner Tante werden. Aber sie rubbelte noch immer. Kein Zweifel, sie stand unter dem Einfluss einer höheren Macht. Vielleicht einer Sekte, deren Guru Sopha war? Kurz gesagt, hier lief eine ganz üble Nummer ab und meine Mutter hätte dabei ihre Haare verlieren können, als die Klingel sie rettete.

»Was denn jetzt?«, ächzte sie unter dem Handtuch. »Was noch?«

»Wahrscheinlich für mich. Ein Freund. Ich habe mir erlaubt, ihm vorzuschlagen, er könne mich bei dir abholen«, flötete Sopha.

»Vielen Dank!«, stöhnte meine Mutter. »Wenn du das etwas früher gesagt hättest, dann wäre ich jetzt in einem vorzeigbaren Zustand.«

»Wie käme ich dazu! Nur kein unlauterer Wettbewerb! Immerhin holt er mich ab!«

Wieder klingelte es. Meine Mutter flüchtete ins Bad, während meine Tante hoheitsvoll zur Tür schwebte.

»Mein Freund ist Fotograf, ein Topfotograf sogar und ein sehr guter Freund dazu ...«, schmachtete sie.

Sprach sie jetzt gerade mit mir? In diesem Fall hatte sie wirklich das Bedürfnis, jemanden beeindrucken zu müssen. Denn was die Fotografen-Freunde meiner Tante anging ...

Sie öffnete die Tür. Meine Mutter hatte das Badezimmer von innen gleich doppelt verriegelt und ich sah noch immer aus wie eine angemalte Modepuppe.

Kapitel 5

Vorsicht! Der Flügelschlag des Schmetterlings kräuselt bereits die Oberfläche des Ozeans. Bis jetzt sah alles ganz normal aus. Doch ohne diese kaum wahrnehmbare Luftbewegung würde der Tornado weiter am Grunde der Weltmeere schlummern. Die mikroskopisch kleinen Ursachen, die gewaltige Naturkatastrophen auslösen, kommen überraschend. Genau wie dieser dicke Typ, der plötzlich in unserer Wohnung stand. Wer hätte gedacht, dass der einen solchen Super-GAU verursachen könnte?

»Brian!« Sopha war im siebten Himmel.

»Sopha.« Brian lächelte schüchtern.

»Brian?«, meinte meine Mutter, die mit immer noch feuchten und in alle Richtungen abstehenden Haaren aus dem Bad kam.

»Anne-Laurence, meine Schwester. Du kannst sie Anne-Lo nennen«, übernahm Sopha die Vorstellung.

»Brian«, wiederholte Brian, dieses Mal an meine Mutter gewandt.

»Und ich bin Amelie«, platzte ich dazwischen, da sich niemand für mich zu interessieren schien.

»Hallo Amelie«, entgegnete Brian.

Er strich sich mit dem Zeigefinger über die Oberlippe und sah mich aufmerksam an.

»Irre«, sagte er, »wenn ich dich so sehe, muss ich gerade an meinen aktuellen Auftrag denken. Ein Fotoprojekt mit Jugendlichen.«

Wie durch ein Wunder waren in diesem Moment weder meine Tante noch meine Mutter in der Nähe. Sie waren damit beschäftigt, Flaschen aus dem Kühlschrank zu holen und Oliven in die Keramikschale aus Marokko zu füllen. Brian und ich wollten unseren Gedankenaustausch gerade fortsetzen, als Sopha ihn am Arm packte und aufs Sofa zog.

»Ah, mein Süßer!«, schmachtete sie und schmiegte sich an ihn.

Meine Mutter ließ sich auf einen Sessel sinken, ein Weinglas in der Hand. Wieder begann ein lebhaftes Gespräch, in dem es um alles Mögliche ging, nur nicht um mich. Endlich hatte ich die Gelegenheit, ins Bad zu gehen, um mir die Soße vom Gesicht zu waschen. Was Sopha denken würde, war mir egal. Sie war sowieso viel zu beschäftigt, und das gleich doppelt: mit Brian und mit ihrem Weißwein. Ich hätte wetten können, dass sie bald gar nicht mehr in der Lage sein würde, mich genauer unter die Lupe zu nehmen. Ich schlich mich auf Zehenspitzen davon, als mein Handy klingelte.

»Hallo! Amelie?«

»Oscar?«

»Ich habe keine Ahnung, wo mein Französischbuch ist. Wahrscheinlich habe ich es in der Schule vergessen. Kann ich vorbeikommen und bei dir Hausaufgaben machen? Es dauert auch nicht lange.«

»Kein Problem. Wann?«

»Das ist super. Ich stehe vor der Tür.«

Ich öffnete und nichts war super. Oscar musste Opfer einer partiellen Gedächtnisstörung geworden sein, denn zum zweiten Mal an diesem Tag riss er verwirrt die Augen auf.

»Ah! Stimmt ja, hatte ich ganz vergessen. Entschuldige, aber ... schminkst du dich jetzt?«

»Das war ich nicht. Meine Tante ist schuld.«

»Schon möglich, aber du hast das Zeug im Gesicht. Und das sieht seltsam aus.«

»Ich weiß, ich weiß.«

Und ich stand immer noch da und wiederholte dieses dämliche »ich weiß, ich weiß«, als Sopha den neuen Gast an der Eingangstür bemerkte. Nur wenige Sekunden später hatte sie ihn identifiziert und vom Sofa war Triumphgeheul zu hören.

»Na so was! Aber das ist doch der hübsche Junge aus dem Kaufhaus!«

»Erwischt.« Oscar gab sich zerknirscht.

»Kommt und sagt Guten Tag, Kinder«, schaltete sich meine Mutter ein.

»Wir sind auf dem Sprung, wir haben zu tun«, wiegelte ich ab.

Trotzdem erfüllten wir unsere Pflicht: Ich stellte Oscar vor, er schüttelte Hände, wir ließen uns ein Glas Orangensaft aufdrücken. Doch gerade als wir uns vorsichtig in mein Zimmer verziehen wollten, stand Brian auf.

»Nur eine Minute noch. Ich habe gerade eine Idee. Es geht um den Auftrag, von dem ich dir erzählt habe, Amelie.«

»Was für ein Auftrag? Wer hat was von einem Auftrag gesagt?«

Sopha rutschte auf dem Sofa herum und sah beleidigt aus. Beleidigt darüber, dass sie etwas Wichtiges nicht mitbekommen hatte. Aber Brian hatte bereits nach seiner Tasche gegriffen und zog einen Fotoapparat heraus. Während er weitersprach, drehte er am Objektiv, suchte nach dem richtigen Licht und dem idealen Abstand. Er lullte uns regelrecht ein, darin war er perfekt.

»Nur so eine Idee, jetzt nicht bewegen, bloß nicht bewegen, fantastisches Licht, wirklich super, und schaut mich an, genauuuuu sooooo, sehr gut, perfekt, danke Amelie, danke Oscar, supernett, dass ihr mir helft, nicht die Augen schließen, noch mal, jetzt hab ich's, genauuuuu!«

Kapitel 6

Oscar ist ziemlich eigen. Eine seiner Macken ist die Liebe zur Grammatik. Andere sind Sportler, er ist Grammatiker. Woher das kommt, weiß niemand so genau. Er liebt die Grammatik so sehr, dass er neue Regeln erfindet, mit der gleichen Hingabe wie damals, als er Fantasiestädte baute. Ein Beispiel: »Wenn man einem Substantiv eine Endung hinzufügt, entsprechend dem Modus der konjugierten Verben, dann könnte man meiner Meinung nach der Sprache eine neue, sehr amüsante Nuance geben, wodurch auch eine völlig andere Bedeutung entstehen würde.«

Wenn er diese komischen Sachen von sich gibt, hat er einen so glücklichen Gesichtsausdruck, da wird es einem richtig warm ums Herz – oder es läuft einem kalt den Rücken runter, das hängt vom Gemüt des jeweiligen Gesprächspartners ab. Ich habe jedenfalls schon vor Jahren den Versuch aufgegeben zu verstehen, was er sagt. Aber ich liebe das enthusiastische Lächeln auf seinen Lippen, wenn er seine Grammatik-Anfälle hat. Er behauptet auch, dass er die Schönheit der französischen Grammatik vor allem deshalb so zu schätzen weiß, weil er auch Chinesisch spricht. Was für eine Bescheidenheit! Ich für meinen Teil wäre wahrscheinlich komplett verwirrt, wenn ich zwei Sprachen perfekt sprechen würde. Eine genügt mir vollkommen. Übrigens, sein Talent bringt ihm nichts als Ärger. Seltsam, oder? Als ob der Stress wegen seiner Freundlichkeit nicht schon genügen würde ... Die Mitschüler finden, er sei ein verklemmter Streber und die Lehrer halten ihn für arrogant. Kürzlich hat unser Französischlehrer nach einer typischen Oscar-Bemerkung sein Lehrbuch auf das Pult geknallt.

»Monsieur Lin«, beschwerte er sich, »wenn Sie so großen Wert darauf legen, den Unterricht an meiner Stelle zu halten, dann bitte sehr!«

Mir hätte das sehr gefallen, doch Oscar musste natürlich ablehnen, er konnte nicht anders. Das hätte ihm der Lehrer sonst nie verziehen. Von der Klasse ganz zu schweigen. Gesteinigt wird man schon für harmlosere Sachen.

Um es kurz zu machen: Wir haben uns in mein Zimmer verzogen und Oscar hatte die Hausaufgaben in fünf Minuten fertig. Ich musste sie nur noch abschreiben. In regelmäßigen Abständen hörten wir schallendes Gelächter aus dem Wohnzimmer. Sie hatten offensichtlich ihren Spaß. Und wir hatten allen Grund, vorsichtig zu sein. Auf keinen Fall durften wir das Zimmer verlassen, solange dort drüben gefeiert wurde.

»Ach übrigens«, fragte ich, »hast du ein Jackett bekommen?«

»Meine Mutter hat eins gefunden. Ich konnte sie gerade noch zurückhalten, sonst hätte sie auch noch eine passende Krawatte gekauft.«

»Krawatte?«

»Ihr Traum. Ein Sohn in Schlips und Kragen. Bei der Diplomverleihung. Oder der Hochzeit. Irgendetwas Offizielles jedenfalls. Bis jetzt konnte ich die Krawatte immer noch vermeiden. Aber ich kann nicht zu allem Nein sagen, sonst ist sie beleidigt und ich habe ein schlechtes Gewissen. Also habe ich jetzt ein Jackett. Wenigstens passt es mir und es ist schwarz.«

»Ziehst du es in der Schule an?«

»Bist du wahnsinnig? Das wäre der sichere Tod!«

Wenn man es nicht selbst erlebt hat, kann man sich die Diktatur, die heute in der Schule herrscht, einfach nicht vorstellen. Glaube ich zumindest. Es ist eine besondere Form der Diktatur, äußerst effektiv und dauerhaft. Zwar wechseln die Diktatoren, die Diktatur aber bleibt. Das Individuum steht in der Schule unter ständiger Beobachtung der Gruppe. Und die Gruppe folgt immer denen, die sie dominieren. Der Schüler wird ständig bewertet und zwar für alles. Was er anhat, wie er redet, wie er sitzt, wie er geht. Die Marke seines Rucksacks. Seine Turnschuhe. Sein Verhalten in der

Klasse und in der Mensa. Seine Freunde. Immer und überall ist es äußerst ratsam, den Geschmack der Gruppe zu treffen und sich damit das Wohlwollen der Anführer zu sichern. Sonst wird die Schule zur Hölle. Und die Hölle hat viele Gesichter. Zum Beispiel das der Isolation. Man spricht nicht mit dir, man beachtet dich nicht. Oder die Gerüchteküche. Man macht sich lustig, spricht hinter deinem Rücken über dich. Oder die offene Feindschaft. Du wirst hin und her geschubst, dein Rucksack ausgekippt. In der Hölle sollte man schweigen. Unauffällig sein, bis man vergessen wird. Und versuchen, sich ein Leben außerhalb der Schule aufzubauen, wenn man genug Zeit dazu hat. Das Schlimmste ist wahrgenommen zu werden. Solange man nicht zu den Führern oder deren Günstlingen gehört, ist Anderssein ein Makel und Originalität ein Fehler. In der Schule muss man mit der Masse verschmelzen, damit man unsichtbar wird. Oscar und ich hatten eines gemeinsam: die falsche Strategie. Zumindest bis jetzt.

Kapitel 7

»Irgendwie komisch«, meinte ich. »Deine Mutter möchte dich in Schlips und Kragen sehen und meine Tante will, dass ich mich schminke. Du als Ehemann mit Diplom. Und ich in der Rolle der hübschen jungen Dame, die weiß, wie sie sich ins rechte Licht rücken kann. Sieht so aus, als wollten sie aus uns etwas machen, was wir noch nicht sind. In ihren Augen wenigstens.«

»Ein richtiges Mädchen, ein richtiger Junge?«

»Zum Beispiel. Ein junger Mann, eine junge Frau.«

»Ein Männchen und ein Weibchen.«

»Ich würde sagen: Ein Männlicher und eine Weibliche.«

»Grammatisch nicht korrekt, aber logisch«, stellte Oscar fest. »Hast du gemerkt, wie glücklich deine Tante bei meinem Anblick war, vorhin bei dieser Kosmetikerin?«

»War ja kaum zu übersehen.«

»Sie glaubt, wir sind zusammen, oder?«

»Auf ewig verbunden, wie diese kleinen Zuckerfiguren oben auf der Hochzeitstorte.«

»Die Leute finden es toll, wenn Männer und Frauen verheiratet, verlobt oder zumindest fest zusammen sind. Da wird man eher respektiert.«

»In der Schule auch?«, fragte ich.

Und in dem Moment, als ich die Frage stellte, schoss mir eine geniale Idee durch den Kopf. Ich sah zu Oscar hinüber. Auf seinem Gesicht erschien ein strahlendes Lächeln. Wir hatten genau das Gleiche gedacht. Verrückt.

»Wenn ich mit dir zusammen wäre, dann würden sie mich nicht mehr Tussi nennen und dabei mit dem Hintern wackeln wie ein Truthahn.«

»Wenn ich mit dir zusammen wäre, dann würden sie mich nicht mehr wie einen verklemmten trotteligen Streber behandeln.«

»Ein bisschen Schminke müsste natürlich sein. Wenigstens um die Augen.«

»Und Schluss mit der Klugscheißerei in Französisch.«

»Aber dann wären wir normal?«

»Sie würden uns zumindest tolerieren und das wäre doch schon mal nicht schlecht ...«

Und so brandete die erste Welle an den Strand. Eine, die den Tornado ankündigte. Als wir uns dazu entschieden, damals, an diesem Frühlingsabend in meinem Zimmer. Als wir uns entschieden, ein Paar zu sein, nach außen, für die Familie, in der Schule. Logisch, Oscar übernahm den männlichen und ich den weiblichen Part, so wie es sich gehörte. Klar, ich musste mich schminken und er musste die Klappe halten. Dann würden wir einige typische Verhaltensweisen annehmen, zum Beispiel Hand in Hand oder Arm in Arm gehen. So wie es alle Paare machen, selbst die schüchternen. Sie kleben aneinander wie die Klammeraffen. Ansonsten müssten wir nur unsere Gewohnheiten etwas besser koordinieren. Wir hatten schon bisher oft die Pause zusammen verbracht, das musste ab sofort eben immer so sein. Wenn wir uns auf dem Gang, zwischen den Stunden und in der Mittagspause unterhielten, mussten wir uns in Zukunft dabei anfassen, die Hand auf die Schulter des anderen legen zum Beispiel. Oder ich teilte meinen Schokoriegel mit ihm und dafür trug er meinen Rucksack. Nichts Kompliziertes. Mit ein wenig Disziplin würde es klappen.

In diesem Stadium unserer Planung mussten wir nur noch ein technisches Detail klären: Wie passten wir zusammen?

»Und du würdest es nicht eklig finden, mich zu umarmen?«

»Und du würdest dich nicht schämen, meine Hand zu halten?«

Um diese Fragen zu beantworten, gab es nur eine Lösung: Wir mussten es ausprobieren. Oscar nahm meine Hand und wir drehten eine Runde durch mein Zimmer. Hand in Hand, klar.

»Und?«, fragte Oscar.

»Kein Problem. Ich würde sogar sagen, ziemlich einfach.«

Dann legte ich den Arm um Oscar. Das war viel schwieriger als gedacht, denn wir waren beide gleich groß und es war gar nicht so einfach, Arm in Arm zu laufen und dabei nicht verkrampft zu wirken. Aber vielleicht fehlte uns auch einfach nur die Übung.

»Und?«, fragte ich.

»Nicht unkompliziert, aber machbar.«

Schließlich kam die Stunde der Wahrheit: Wir umarmten uns frontal. Ich legte mein Kinn auf Oscars Schlüsselbein und er tat genau das Gleiche bei mir. So verharrten wir endlos lange Sekunden.

Ich betrachtete uns im Spiegel meines Kleiderschranks. Schade, dass Oscar uns nicht sehen konnte, er stand ja mit dem Rücken zum Schrank. Perfekt! Jeder, der uns so sehen würde, wäre überzeugt: Die beiden sind ein Paar. Als hätten wir uns abgesprochen, lösten wir uns im gleichen Moment wieder voneinander.

»Wie fühlt sich das an?«

»Ich weiß nicht ...«, antwortete ich.

»Als wäre ich dein Bruder?«

»Ich weiß nicht. Ich bin ein Einzelkind, schon vergessen? Und bei dir? Als wäre ich deine Schwester?«

»Ich habe genauso wenig Geschwister wie du, das weißt du doch.«

Schließlich waren wir genauso schlau wie vorher. Oscar stellte sich also vor, er hätte seine beste Freundin in den Armen und ich tat dasselbe mit meinem besten Freund. Wir waren bereit, ein Paar zu sein ...

Kapitel 8

Während unseres Trainings war es dunkel geworden. Die Lachsalven aus dem Wohnzimmer waren merklich leiser geworden. Oscar schaute auf die Uhr.

»Ich gehe jetzt, meine Mutter wartet.«

Langsam öffnete ich die Tür. Im Wohnzimmer die reinste Idylle: Drei erwachsene Menschen, die eben noch herumgealbert hatten, saßen brav auf dem Sofa und betrachteten andächtig Brians Fotos. Keiner sprach ein Wort. Man hätte meinen können, sie seien Grundschulkinder in der Lesepause. Richtig niedlich. Leider kann man sich in diesem Alter nicht mehr auf das Wesentliche konzentrieren und lässt sich leicht ablenken. Unser Pech. Als wir uns an der Glastür vorbeischleichen wollten, hoben sich drei Köpfe.

»Ah, die Kinder!«, rief Sopha. »Wo soll's hingehen?«

»Ich muss nach Hause«, sagte Oscar.

Und dann hatte er diesen Geistesblitz, diese göttliche Eingebung, seinen Arm nach mir auszustrecken und mit seinen Fingern sanft über meine Hand zu streichen ... Er sah mich nicht an dabei, doch diese Geste war so ungezwungen, dass ich danach richtig verwirrt war. Ein verdutztes Gesicht wird leicht als Ausdruck aufrichtiger Zuneigung gedeutet, jedenfalls schien es so. Drei Augenpaare hingen wie gebannt an uns, Worte waren überflüssig. Es genügte ihnen, was sie sahen. Brian tat so, als hätte er es schon immer gewusst, Sopha wirkte erstaunt, meine Mutter wie versteinert.

»Einen schönen Abend noch«, wünschte Oscar, als er auf der Schwelle stand.

Ich beschränkte mich auf ein schlichtes »Tschüss, bis morgen« und schloss die Tür hinter ihm.

Nach diesem Paukenschlag hatte ich wenig Lust, mich meinem

Publikum zu stellen. Erst recht nicht, mir dessen Bemerkungen, Meinungen und Analysen anzuhören, die bestimmt auf mich niederprasseln würden. Aber solange ich mich nicht selbst vor die Tür setzte, hatte ich nicht den Hauch einer Chance, dem drohenden Unheil zu entgehen.

»Amelie! Komm doch mal her!«

Ich konnte diese Stimme nicht ignorieren. Hatte mich ihre Besitzerin am Schminktisch des Kaufhauses doch erst zu dem gemacht, was ich jetzt war: der weibliche Teil einer festen Beziehung. Das war eine Frage der Ehre. Das Organ war außerdem von jener Lautstärke und Eindringlichkeit, mit der ein Hundehalter selbst einen Dobermann in den Griff bekommen hätte. Kurz gesagt, ich machte kehrt und stellte mich. In diesem Moment griff meine Mutter ein und rettete mich.

»Komm und sieh dir Brians Fotos an«, sagte sie und rückte etwas zur Seite, um mir auf dem Sofa Platz zu machen.

Sopha verstummte und sagte nichts mehr. Ein wissendes Lächeln lag auf ihren Lippen, als ob wir uns auch ohne Worte blind verstünden. Da irrte sie sich gewaltig. Denn ich konnte sehr wohl ihre Gedanken lesen, aber ich denke nicht, dass sie ihrerseits dazu in der Lage war. Nicht einmal zur Hälfte, ja nicht einmal zu einem Zehntel.

Brians Fotos waren cool, keine Frage. Modefotos von berühmten Models, die heute Sängerinnen, Schauspielerinnen oder Ehefrauen ebenfalls berühmter Männer waren. Das interessierte mich nicht gerade brennend, aber da ich nicht unhöflich sein wollte, kommentierte ich jedes Bild begeistert mit »Oh, sehr hübsch!«. Ob ich das Model, das Kleid oder das ganze Foto meinte, wusste ich meist selbst nicht so genau. Es wirkte lächerlich, aber ich tat mein Bestes. Der Lohn dafür war ein dankbarer Blick des Fotografen.

»Wegen des Shootings mit dir und deinem Freund ... wenn da noch was kommt, dann rufe ich dich an.«

»O. K.«, antwortete ich.

Was genau ein Shooting ist oder was da noch kommen sollte – keine Ahnung. Aber so wie der Typ mit dem Glas in der Hand neben meiner Mutter und meiner Tante auf dem Sofa saß, sah ich keinerlei Veranlassung, mich aufzuregen. Morgen war bestimmt alles vergessen.

»Gut«, sagte er und stand auf. »Gehen wir was essen?«

»Du kommst mit, Anne-Lo«, befahl Sopha.

In der Tat, heute hatte sie wirklich ihren großzügigen Tag.

»Es ist hoffentlich nicht schlimm, wenn du deine Pizza alleine essen musst?«, fragte meine Mutter, ihr schlechtes Gewissen hielt sich offensichtlich in Grenzen. »Ich komme nicht so spät ...«

»Das will ich schwer hoffen.«

Dann packten sie ihre Sachen und verließen die Wohnung. Bevor sie in den Aufzug stiegen, wandte sich meine Mutter noch mal um und musterte mich mit prüfendem Blick.

»Was läuft da mit Oscar? Die Geschichte ist doch neu. Was wird da gespielt ...?«

Kapitel 9

Endlich allein! Nur ich, das Badezimmer und ein Kosmetiktuch zum Abschminken! Ich tränkte das Tuch mit Reinigungsmilch und wollte mir gerade damit über das Gesicht fahren, als ich innehielt. Ich beugte mich vor, ganz dicht vor den Spiegel, und sah mich genau an. Wenn ich das beim nächsten Mal selbst machen wollte, musste ich mich an Clara erinnern. Sie hatte es in dieser Beziehung einfach drauf, was immer ich auch von ihr halten mochte. Das Blasslila war raffiniert aufgetragen, direkt am Auge etwas kräftiger und dann immer heller auslaufend. Der orangerote Puder war nicht einfach so ins Gesicht geklatscht, sondern perfekt auf den Wangenknochen verteilt …

Ich öffnete Sophas Geschenk und nahm die Döschen heraus. Das kleine war für die Augen und enthielt drei Farben. In dem mittleren war ein Puder für die Wangen in einem grauenhaften Farbton. Schließlich gab es noch eine große Dose mit einer puderigen Substanz in einem undefinierbaren Braun. Was sollte ich nun damit anfangen? Mit einer Sache hatte Sopha recht: Schminken will gelernt sein.

Die Mädchen aus meiner Klasse mussten morgens eine Ewigkeit dafür brauchen. Ganz zu schweigen von denen, die mittags zwischen zwölf und zwei noch mal nachbesserten. Ich hatte mich oft gefragt, für wen oder was sie sich so ins Zeug legten. Die meisten waren weder besonders hübsch noch besonders hässlich. Pickel hatten sie auch nicht übermäßig viele, ganz zu schweigen von irgendwelchen Liebschaften. Aber vielleicht hofften sie ja auf diese Weise einen Jungen zu erobern? Vielleicht morgens auf dem Weg in die Schule? Oder nachmittags auf dem Weg nach Hause? Hatte man mit einem bemalten Gesicht bessere Chancen? Und wenn ja, bei wem?

Aber vielleicht verfolgten sie gar kein bestimmtes Ziel. Vielleicht waren sie gar nicht auf der Suche. Vielleicht wollten sie einfach nur sein wie alle anderen? Geschminkt wie alle anderen, gekleidet wie alle anderen, ganz normale Mädchen eben. Vielleicht war Make-up auch ein Weg, um nicht aufzufallen. Eine Art Tarnung im feindlichen Gebiet wahrscheinlich. Im Grunde waren mir diese Mädchen einfach nur zeitlich etwas voraus ...

Ich wischte mit dem Tuch über mein Gesicht und die Schminke löste sich. Was blieb, war ein schmaler, schemenhafter Rand um die Augen, der etwas hartnäckiger war. Dann wusch ich mir das Gesicht mit lauwarmem Wasser, meine Haut spannte, aber ich hatte endlich das Gefühl, richtig sauber zu sein. Zum Schluss klaute ich mir ein bisschen Antifaltencreme von meiner Mutter. Igitt, war die fett und klebrig! Ich brauchte unbedingt eine eigene Creme. Die Frage war nur, ob das zum allgemeinen Familien-Hygiene-Budget gehörte oder ob ich mein Taschengeld dafür opfern musste.

Nach dieser Mission nahm ich mir eine Pizza aus dem Tiefkühlschrank und schob sie in den Ofen. Ich zwang mich, nichts Unüberlegtes zu tun, nicht zu singen und auch keine Selbstgespräche zu führen. Ich war ziemlich aufgewühlt. Nicht so sehr, weil ich (vielleicht) einen Weg gefunden hatte, unsichtbar zu werden, sondern weil ich eine geniale Idee hatte. O. K., sich normal zu benehmen, um von den anderen als normal wahrgenommen zu werden, ist jetzt vielleicht nicht unbedingt genial. Aber wenn man es ohne Überzeugung tut? Um daraus einen Profit zu schlagen, den man gar nicht verdient hat? Das war eine geniale Idee und kaum zu toppen.

Eine Viertelstunde später saß die geniale Amelie vor einer dampfenden, ausgetrockneten Pizza, in der einen Hand eine Gabel, in der anderen ein Messer. Sie dachte gerade voller Vorfreude an morgen, an die erstaunten Gesichter der Klassenkameraden, als sie den Schlüssel in der Tür hörte. Meine Mutter. So früh? Sie war schon vor dem Tiramisu gegangen, um zu ihrem geliebten Kind heimzukehren. Oder es war so langweilig gewesen, dass ich eine gute Ausrede war, um das Weite zu suchen. Das Resultat war das Gleiche. Nie hatte man seine Ruhe.

»Du hast die Schminke abgewischt?«

»Wie du schiescht«, versuchte ich zu antworten, so gut es mit einem heißen Pizzastück im Mund eben ging.

»War auch eine komische Idee, das mit dieser Schminkerei. Hat's dir wenigstens gefallen?«

»Scher, 'at misch scher gefeut.«

»Umso besser. Hätte ich nicht gedacht. Dann kennt Sopha dich ja doch ganz gut. Offenbar besser als ich. Dann ist da ja doch was dran, dass Eltern ihre Kinder oft weniger verstehen als andere. Und was ist mit Oscar? Wie lange geht das schon?«

Kapitel 10

Arme kleine Mama! Und so empfindlich! Wenn ich ganz fest an sie denke, dann werde ich furchtbar sentimental. Und mein Vater? Was große Gefühle angeht, leider Fehlanzeige, ich habe ihn seit Jahren nicht mehr gesehen. In puncto Eltern habe ich eben nur meine Mutter und die tut mir manchmal leid. Sie stand da, blickte mit traurigen Augen auf meine Pizza und machte sich Sorgen um ihre große Tochter.

»Nun ja«, begann ich, »das mit Oscar ... Ehrlich gesagt, das ist noch ganz frisch. Und es kam auch ziemlich unerwartet. Ich weiß eigentlich gar nicht genau, wie und wann es angefangen hat. Ein Nicht-Ereignis sozusagen. Es gibt also nichts zu befürchten, an deiner Stelle würde ich mir keinen Kopf machen ...«

Wenn ich die Absicht gehabt hatte, sie damit zu beruhigen, war das gründlich schiefgegangen. Denn nach ihrem ungläubigen Gesichtsausdruck zu urteilen war ich gerade dabei, sie vollends durcheinanderzubringen.

»Was erzählst du denn da? Du bist doch mit ihm zusammen, oder?«

Ich schwieg. Meine Mutter von der genialen Idee zu überzeugen war gar nicht so einfach. Warum auch? Sie griff mich nicht an, ich musste mich nicht verteidigen, sie war im Grunde sehr nett und ich war nicht gemein. Also warum eigentlich?

»Ich bin mit ihm zusammen, ich bin mit ihm zusammen ... das sagt sich so leicht. Die Leute behaupten so was schnell, ohne sicher zu sein, dass sie wirklich recht haben.«

Ein Nebel des Unverständnisses verschleierte den Blick meiner Mutter. Dann zog sie die Augenbrauen hoch und der Nebel verschwand. Ein missbilligender Schimmer trat in ihre Augen. Das Unverständnis hatte dem Vorwurf Platz gemacht.

»Ich mag Oscar sehr«, bemerkte sie mit schneidender Stimme.

»Ich auch«, stimmte ich ihr zu.

»Unter diesen Umständen solltest du genau überlegen, was du tust. Oscar ist kein Spielzeug.«

Ein Spielzeug? Jetzt kam sie so richtig in Fahrt.

»Was soll das heißen?«

»Ich will nicht, dass du dein Spiel mit ihm treibst. Er ist ein sensibler und verletzlicher Junge. Du musst dir im Klaren sein, dass er etwas für dich empfindet und du ihn sehr verletzen kannst.«

Ging's noch? Sie machte sich gar keine Sorgen um mich, es ging um ihn! Um einen Typen, den ich die längste Zeit meines Lebens in jeder Situation verteidigt hatte.

»Spiel? Hast du Spiel gesagt?«

»Ganz genau«, antwortete sie und fixierte den noch immer vage erkennbaren Make-up-Rest in meinem Gesicht.

So war das also! Einige Milligramm blasslila Puder rund um die Augen und ich war plötzlich ein männermordender Vamp, eine Femme fatale, die mit ihrem teuflischen Charme das arme Oscarlein willenlos gemacht hatte. Danach würde ich ihn mit Haut und Haaren verschlingen. Und auf seinem Grab tanzen. Samba wahrscheinlich. Vielen Dank auch, Sopha.

»Hat dieser ganze Schwachsinn mit dem Make-up zu tun?«

»Überhaupt nicht«, behauptete sie dreist. »Ich spreche von Tatsachen. Du kannst mir nicht verbieten, die richtigen Fragen zu stellen. Ich habe doch Augen im Kopf.«

»Um was genau zu sehen?«

»Deine Beutezüge durch die Kaufhäuser mit Sopha, dein Benehmen Oscar gegenüber und dieses Getue mit dem Fotografen ...«

Jetzt kam also Brian an die Reihe. Brian und seine blöden Fotos, dem ich einfach nur einen Gefallen tun wollte. Brian mit seinen 250 Jahren und dem viel zu weiten Hemd über seiner Wampe. Das war zu viel. Ich stand auf und warf den Rest Pizza in den Mülleimer.

»Hast du keinen Hunger mehr?«

»Du hast mir den Appetit verdorben!«

Meine Mutter zuckte nur mit den Schultern.

»Zu viel der Ehre ... Du wirst doch jetzt nicht auch noch magersüchtig werden?«

»Ich denke doch. Ab heute werde ich mich nur noch von Apfelkernen ernähren und darauf warten, dass ich den Hungertod sterbe.«

»Spar dir deine sarkastischen Kommentare. Viele sehr intelligente und sehr hübsche junge Mädchen ...«

»Mach dir keine Sorgen. Ein dummes hässliches Huhn zu sein ist doch das beste Mittel gegen Magersucht.«

»Ich bitte dich«, protestierte meine Mutter, »sei doch nicht so aggressiv!«

Um ihr meine Allüren, meine Magersucht und meine Aggressivität zu ersparen, zog ich mich in mein Zimmer zurück. Normalerweise hätte ich mich in Monologen voller Rachegelüste erschöpft, bevor ich vor Wut eingeschlafen wäre. Dieses Mal war es anders. Seltsamerweise war ich nicht sauer auf meine Mutter, sondern *neugierig*. Seit meinem Date mit Sopha am Nachmittag dieses seltsamen Tags war *irgendetwas* im Gange. Aber was? Ich hatte keine Ahnung. Diese Ungewissheit schmälerte meine Anspannung und meine Neugier allerdings überhaupt nicht. Morgen, dachte ich beim Einschlafen, morgen sehen wir weiter ...

Kapitel 11

Als der Wecker klingelte, schreckte ich wütend hoch. Viertel vor sieben? Was bildete der sich ein? Doch dann erinnerte ich mich daran, wie ich einige Stunden zuvor den Wecker extra früher gestellt hatte. Als Zeitpuffer für mein neues Outfit. Im Idealfall wollte ich nicht mehr als fünf Minuten für mein morgendliches Aufbrezeln opfern, aber realistischer war es wohl, in der Lehrzeit mehr dafür einzuplanen. Bis allein der Lidstrich sitzen würde ...

Meine Mutter saß wie ein Häufchen Elend vor ihrem Kaffee. Der feuchtfröhliche Abend forderte sein Opfer.

»Gut geschlafen?«, fragte ich.

Sie warf mir über den Rand ihrer Tasse einen undefinierbaren Blick zu. Ob sie sich noch an ihren Sermon vom Vorabend erinnerte? Unter Berücksichtigung partieller Unzurechnungsfähigkeit könnte sie versuchen, auf mildernde Umstände zu plädieren. Eines jedenfalls hatte ich gelernt: Es brauchte nicht viel, um aus einem hässlichen Entlein eine Femme fatale zu machen, jedenfalls in den Augen meiner Mutter. Ich weiß, dass Mütter wissenschaftlich gesehen nicht das Maß aller Dinge sind. Ich weiß außerdem, dass ihr Radar häufig abgelenkt ist und sie alles falsch verstehen. Aber selbst ein gestörtes Radar kann sich als nützlich erweisen.

»Du hast doch nichts dagegen, wenn ich als Erste ins Bad gehe?«

Hatte sie nicht. Dass ich die Meisterin des Schnellduschens bin, ist allgemein bekannt. Aber das ist noch nichts gegen mein Tempo beim Abtrocknen und Anziehen. Wer das ganze Jahr die gleiche Hose mit wechselnden T-Shirts trägt, von dem darf man allerdings auch Geschwindigkeitsrekorde erwarten. In den Badezimmern der Welt nennt man mich den »Blitz«.

Blieb also genug Zeit für die ersten Schminkversuche. Ein schwieriges Terrain, voller Risiken und Frustration. Eine bräunliche Grundierung aufs Gesicht, zwei rosa Monde auf die oberen Wangenpartien, dunkle Schatten um die Augen. Schrecklich. Ich wischte vorsichtig mit einem Stück Klopapier über mein Werk – und ein Wunder geschah! Es sah besser aus. Erste Lektion: Alles wieder abwischen, was dann übrig bleibt, genügt.

Als ich mich im Spiegel betrachtete, fiel mir auf, dass noch etwas fehlte: Ohrringe! Ohrringe machen was her. Ohne Ohrringe geht es nicht. Denn Ohrringe sind *feminin*. Ich musste mir Ohrlöcher stechen lassen, und zwar schnell.

Schließlich konnte ich nicht länger im Bad bleiben. Plötzlich überkam mich Unsicherheit, gepaart mit übergroßem Schamgefühl. Als ob ich nackt wäre. Seltsam, dass eine abgewischte Gesichtsbemalung den gleichen Effekt hat als ob man sich ausgezogen hätte. Make-up oder splitterfasernackt – im Grunde genau das Gleiche. Alles eine Frage der Gewöhnung.

»Das hat aber gedauert!«, maulte meine Mutter, als ich wieder in die Küche kam. Dann sah sie mich genauer an. Ich tat so, als bemerkte ich es nicht. Ich machte mir einen Tee und wartete auf das Urteil.

»Das steht dir gut«, meinte meine Mutter.

Mehr sagte sie nicht, aber diese vier kurzen Wörter genügten, um die Strafpredigt vom Vorabend wettzumachen. Der Hausfrieden war gerettet.

Während mein Zustand beim Verlassen des Badezimmers noch als Unsicherheit bezeichnet werden konnte, überfiel mich im Hausflur blanke Panik. Meine Gedanken fuhren Karussell. Meine Nerven waren zum Zerreißen gespannt und ich hatte große Lust, einfach loszusprinten, um sie zu beruhigen. Leider ging das nicht.

»Hello!«, sagte Oscar, als ich vor ihm stand.

Er hatte auf mich gewartet, wie jeden Tag. Und jetzt wurde aus dieser Routineangelegenheit plötzlich ein Rendezvous ... Ich hatte ihn gewarnt.

»Ich bin ein bisschen gestresst.«

»Dafür gibt es keinen Grund. Wir müssen uns ja nicht den ganzen Tag betatschen.«

»Ich meine die Schminke.«

»Welche Schminke?«

Er wandte sich zu mir um und nahm mein Gesicht genauer unter die Lupe.

»Ach so ... wenn man genau hinsieht. Nichts, worüber man sich aufregen müsste, glaub mir.«

Das war wieder mal typisch Oscar. Obwohl mir das klar war, fühlte ich mich ruhiger. Bis er leise sagte: »... Nicht erschrecken, ab der großen grünen Mülltonne nehme ich deine Hand.«

Kapitel 12

Man kennt sich erst dann richtig, wenn man gemeinsam eine Extremsituation durchlebt hat. Man muss schon so tun, als wäre man mit jemandem zusammen, um zu erkennen, welche Qualitäten er hat. Ich war also im Begriff, den wahren Oscar kennenzulernen. Und die Extremsituation bestand darin, den Weg zur Schule mitten durch ein Meer von Mitschülern und Mitschülerinnen zurückzulegen, die uns alles andere als wohlgesonnen waren. Natürlich machten wir das nicht zum ersten Mal. Wir gingen diesen Weg jeden Morgen. Aber an diesem Morgen war es anders. Ganz anders. Es war wie am ersten Morgen nach der Schöpfung der Welt. Kurz gesagt, ein Megastress, der in die Geschichte eingehen würde.

Doch am Ende des Tages waren wir Helden. Ohne ihm zu sehr schmeicheln zu wollen, aber der ganze Ruhm gebührte Oscar. Er hat alles alleine gemacht. Anstatt krampfhaft meine Hand zu umklammern, sie zu kneten und zu drücken, als wäre sie ein Teddybär, verschränkte er lässig seine Finger mit meinen, dabei schaukelte er locker mit den Armen. Das Resultat war gleichermaßen unaufdringlich (nur die Finger) und gut sichtbar (das Schaukeln der Arme).

Ich war dermaßen hin und weg von Oscars Souveränität, dass ich ganz vergaß Angst zu haben.

Normalerweise wäre ich mit gesenktem Kopf an allen vorbeigeschlichen, um mein feuerrot angelaufenes Gesicht zu verstecken. Aber dieses Mal war es anders. Ich hatte überhaupt keine Lust, rot zu werden. Ich schritt selbstbewusst den Weg entlang, aufrecht und mit stolzem Blick.

Einige, die sonst nicht mal den Kopf hoben, um uns zu grüßen, starrten uns jetzt entgeistert an. Ihre staunenden Augen wanderten von unseren Händen zu unseren Gesichtern, suchten verzweifelt nach einer Erklärung. Was ging denn da ab? Unser verklärtes Lächeln war der sichtbare Beweis für die neue Situation: Wir hatten uns in ein Liebespaar verwandelt. All das spielte sich unter einem sonnigen Frühjahrshimmel ab und ich kam mir vor, als würde ich die Hauptrolle in einem Kaugummi-Werbespot spielen.

Schließlich erreichten wir das Portal und Oscar ließ meine Hand wieder los.

»Ich denke, das reicht. Wenn wir es übertreiben, verlieren wir unsere Glaubwürdigkeit.«

In der Klasse genügte es schon, dass wir uns auf unsere gewohnten Plätze setzten (also nebeneinander), um endgültig für Klarheit zu sorgen. Die besonders Sensationsgierigen reckten die Hälse, um mit eigenen Augen zu sehen, was sie gerüchteweise gehört hatten. Amelie und Oscar sind zusammen? Echt jetzt?

In der Zwischenzeit hatte ich die Sache mit der Schminke schon fast vergessen. Sie hatte ihre Bedrohlichkeit verloren, sie gehörte eben zur Ausstattung. Das erstaunte Gesicht der Geschichtslehrerin brachte mich in die Realität zurück. Die arme Madame Barbot konnte ihre Augen gar nicht von mir abwenden. Zum allerersten Mal war ich richtig interessant. Normalerweise gehörte ich eher zur Kategorie der Unsichtbaren.

An diesem Morgen war ich beileibe nicht die einzige geschminkte Schülerin in der Klasse. Im Gegenteil. Ich war bisher eine der wenigen Ausnahmen mit nacktem Gesicht gewesen. Im Naturzustand sozusagen. Im Grunde war meine Verwandlung einfach nur ein Zeichen, dazuzugehören. Nicht mehr und nicht weniger.

Aber meist sind es nicht die Fakten hinter den Veränderungen, die uns auffallen, es sind die Veränderungen selbst. Sie aktivieren die Hirntätigkeit. Mit wohldosierten Manövern hielten wir die Hirnströme der Mitschüler den ganzen Tag über auf Trab. Um ihr Interesse zu wecken, brauchte es wirklich nicht viel. Zum Beispiel, sich zum anderen rüberbeugen, um mit ihm zu sprechen. Oder sich gegenseitig in die Jacke zu helfen. Alles war bedeutungsvoll, selbst die kleinste Kleinigkeit.

»Ich halte das nicht mehr aus«, stöhnte ich.

Der Schultag war zu Ende und wir waren auf dem Nachhauseweg. Unsere Hände konnten wieder machen, was sie wollten, niemand beobachtete uns noch.

»Ich hätte nicht gedacht, dass es so anstrengend sein würde«, seufzte Oscar.

Er schien erschöpft. Ich machte ihm Mut.

»Ab jetzt ist es nur noch eine Frage der Gewohnheit. Das Schwerste haben wir hinter uns.«

»Meinst du?«

Er war nicht überzeugt. Und er sollte recht behalten.

Kapitel 13

Wie jeden Abend war die Wohnung leer, als ich nach Hause kam. Das Alleinsein ist ein Luxus für mich, genau wie die Ruhe. Aber es dauert nicht lange, dann kommt meine Mutter nach Hause und der Alltag beginnt, wie immer.

An diesem ersten Abend meines neuen Lebens war ich besonders glücklich, die Tür hinter mir zumachen zu können, als hätte ich nach langer Flucht endlich einen Unterschlupf gefunden. Ich wusch mein Gesicht ab, schnitt schreckliche Grimassen, stieß undefinierbare Laute aus und hopste wie ein Affe herum, dann ließ ich mich aufs Sofa plumpsen. Endlich konnte ich so hässlich, so albern und so eklig sein wie ich wollte, ohne dass irgendjemand dazu einen Kommentar abgab.

Ich wollte gerade auf die Fernbedienung drücken, um die Glotze anzuschalten, als das Telefon klingelte. Ich zögerte. Der Anrufbeantworter war besser geeignet als ich, um Nachrichten für meine Mutter entgegenzunehmen. Aber das penetrante Klingeln dröhnte in meinen Ohren und ich gab nach.

»Amelie?«

Eine Mädchenstimme, die mir irgendwie bekannt vorkam. Ich war es nicht gewohnt, dass man mich abends zu Hause anrief. Außer meiner Mutter und meiner Tante war Oscar mein einziger Gesprächspartner. Aber der rief auf dem Handy an.

»Hier ist Laurène.«

Laurène? Dritte Reihe rechts, rosa Tasche mit Pailletten, beste Freundin von sechs perfekten Klonen. Das war alles, was ich von ihr wusste.

»Du hast meine Nummer?«

»Steht auf der Telefonliste der Eltern. Meine Mutter ist im Elternbeirat. Du hast doch nichts dagegen, oder?«

Ich war gerade dabei zu sagen, doch, ich habe allerdings was dagegen, du nervst und vertrauliche Daten sollen vertraulich bleiben, aber dazu kam ich gar nicht.

»Zufällig sind Aurélie und Jessica gerade hier und wir haben uns etwas gefragt, was natürlich vertraulich ist und auf das du auch nicht antworten musst, aber wir haben uns gefragt: Stimmt es, dass du mit Oscar Lin zusammen bist?«

Ich wäre lieber gestorben als »Ja« zu sagen, aber »Nein« wäre eine strategisch falsche Antwort gewesen. Ich schwieg also eine Weile und sagte dann: »Ohne unhöflich sein zu wollen, aber ich denke, das ist doch meine Privatsache ...«

Das war nicht schlecht, aber um eine wie Laurène auszuhebeln, reichte das bei Weitem nicht.

»Ja, aber so wie ihr euch in der Schule verhaltet ... man redet halt und man fragt sich ...«

»Und wenn ich keine Lust habe, auf diese Fragen zu antworten?«

Ich hörte, wie am anderen Ende der Leitung geflüstert wurde. Hatten die nichts Besseres zu tun, als andere Leute am Telefon zu belästigen? Hatten sie keine eigenen Freunde, um ihre Abende zu gestalten?

»Schade, dass wir uns nicht besser kennen«, hörte ich Jessicas Stimme aus dem Hintergrund. »Wir sollten mehr zusammen machen, uns nach der Schule treffen oder ins Kino gehen ...«

Jetzt auch noch Angebote. Allmählich wurde es lästig.

»Tut mir leid, aber ich muss jetzt Schluss machen, ich habe Besuch. Bis morgen.«

Dann legte ich auf. Sollten sie sich doch ihre hübschen Köpfchen zerbrechen, mit wem ich meine Einsamkeit teilte. Ich überlegte, ob ich Oscar anrufen sollte, um ihm von unserem Erfolg zu berichten. Aber ich war zu faul. Immerhin war ich den ganzen Tag über mit ihm zusammen gewesen. Ich wollte nur noch Ruhe und Frieden.

Dann drückte ich auf die Fernbedienung und eine grellbunte Bilderflut erschien auf dem Bildschirm. Ich stellte den Ton leiser und versank in einem angenehmen Dämmerschlaf.

Das Geräusch des Schlüssels, der sich im Türschloss drehte, schreckte mich auf.

»Schläfst du?«, fragte meine Mutter, während sie an mir vorbeiging.

»Warum willst du das wissen?«

»Für morgen schon alles erledigt?«

»Wollte gerade anfangen.«

Ich kämpfte mich vom Sofa hoch und nahm meinen Rucksack, der noch vor der Tür stand.

»Oscar nicht da?«, fragte sie beiläufig.

»Oscar?«

»Ja klar, Oscar. Warum fragst du? Gibt es noch einen anderen?«

Ich hatte es nicht gleich kapiert. Ich brauchte einige Sekunden, um in meine Rolle zu schlüpfen. Amelie, Oscars Freundin. Sie sind zusammen, sie verbringen jede freie Minute miteinander. Logisch, oder?

Was in der Schule noch ganz witzig war, war es in der eigenen Wohnung schon weit weniger. Ich konnte meine Mutter nicht verarschen, zumindest nicht lange. Und ich hatte auch keine Lust mit ihr zu streiten, vor allem über eine Geschichte, die es gar nicht gab. Ich stellte meinen Rucksack wieder ab und schleppte mich in die Küche.

»Ich mache uns einen Tee. Ich muss dir etwas Wichtiges sagen.«

Kapitel 14

Ich habe ihr alles erzählt, von dem Moment an, als Sopha vor Claras Schminktisch stehen geblieben war. Meine Beichte dauerte eine ganze Weile, doch meine Mutter hörte einfach nur zu, ohne ein Wort zu sagen, dabei nippte sie hin und wieder an ihrem Tee. Sie unterbrach mich kein einziges Mal, nicht einmal, als das Telefon klingelte.

»Lass nur, wir haben ja einen Anrufbeantworter.«

Ich verschwieg nichts.

»Ein Paar zu sein hat viele Vorteile, es ist, wie in einer Clique zu sein. Zuerst einmal beweisen wir damit unsere Kontakt- und Integrationsfähigkeit. Und im Fall eines Angriffs sind wir zu zweit und können uns besser verteidigen. Und schließlich beweisen wir, dass wir nicht verklemmt sind. Zwar tun in unserer Klasse alle so, als wären sie supercool, aber richtige Freunde oder Freundinnen haben die wenigsten.«

»Meinst du, sie sind eifersüchtig?«

»Das ist es nicht. Sie sind beeindruckt. Sie glauben, wir hätten mehr Erfahrung und wären gerne wie wir. Und plötzlich respektieren sie uns.«

»Ist es dir so wichtig, von denen respektiert zu werden?«

Sie sah ehrlich erstaunt aus. Und ein bisschen traurig.

»Das ist das Problem mit euch Eltern ... Ihr bemerkt es nicht mal. Ihr habt überhaupt keine Ahnung vom Leben eurer Kinder. In der Schule wird alles, was außerhalb der Norm ist, misstrauisch beäugt. Die einen sind zu intelligent, die anderen zu doof, einige zu groß, andere zu klein. Die mit den stylischen Klamotten, die mit den peinlichen Klamotten. Die Jungs, die keine richtigen Jungen sind, die Mädels, die keine richtigen Mädchen sind. Ich zum Beispiel.

Ich bin kein richtiges Mädchen und trage die falschen Klamotten. Zwei Minuspunkte. Oscar ist kein richtiger Junge und er ist zu clever. Zwei Minuspunkte.«

»Und du glaubst, die Lösung besteht darin, dass ihr eure Individualität aufgebt, um euch anzupassen und Mittelmaß zu werden?«

»Aber ich bin kein Mittelmaß! Ich bin anders und entspreche keiner Norm. Ich schminke mich, um die anderen auszutricksen und ich bin nicht wirklich mit Oscar zusammen. Wir sind wie Soldaten in Tarnuniform, die sich durch den Dschungel schlagen.«

»Mein Gott«, seufzte meine Mutter, »ihr seid ganz schön übergeschnappt.«

»Hast du eine bessere Lösung? Eine andere Schule vielleicht?«

»Nein. Wenn ich übergeschnappt sage, dann meine ich damit nicht nur dich und Oscar ...«

Sie stand auf.

»Jetzt musst du Hausaufgaben machen und ich kümmere mich um das Abendessen.«

Ich hob meinen Rucksack wieder auf. Als ich auf dem Weg in mein Zimmer war, rief sie mir hinterher: »Ich bin froh, dass du mit mir gesprochen hast. Ich muss zugeben, dass ich Schwierigkeiten hatte zu verstehen, was los war. Wenn du Hilfe brauchst, sag Bescheid. Ich bin deine Mutter und immer für dich da.«

»Danke, aber ich versuche, alleine damit klarzukommen.«

»Wie du meinst«, murmelte sie und öffnete die Kühlschranktür, »wie du meinst.«

Wir aßen im Wohnzimmer vor dem Fernseher und sahen uns die Nachrichten an. Der Vorteil des Fernsehens ist, dass man dabei nicht reden muss. Niemand bemerkt die fehlende Kommunikation und das ist ganz gut, wenn man nur zu zweit ist. Manchmal gibt es einfach nichts zu sagen. Meine Mutter schaltete den Fernseher nach den Nachrichten aus.

Da sie beruflich etwas Neues machen wollte, musste sie abends lernen, wie eine Schülerin. Nach vielen Jahren in der Bank hatte sie sich entschieden, Logopädin zu werden. Sie hatte gespart, um auf diese Schule gehen zu können, und sich den Rest geliehen. Aber zuerst musste sie die Aufnahmeprüfung bestehen. Die Schulpanikerin in unserer Familie war also meine Mutter, den Sozialstress hatte ich.

»Schau mal, der Anrufbeantworter blinkt«, sagte sie und legte die Fernbedienung zur Seite.

Ich brachte gerade die Teller in die Küche, als sie den Knopf drückte, um die Nachricht abzuspielen. Sophas Stimme war nicht zu überhören. Sie stand noch immer unter Strom.

»Anne-Lo, Amelie! Ich habe euch etwas extrem Wichtiges zu sagen! Bitte seid so nett und ruft mich dringend zurück. Es geht um gestern Abend und ich möchte noch hinzufügen, dass es auch mit Amelies Freund zu tun hat. Mehr sage ich nicht. Es soll eine Überraschung sein ...!«

Kapitel 15

»Mir reicht's für heute. Wenn es wirklich dringend ist, ruft sie bestimmt noch mal an«, meinte meine Mutter.

Das sah ich genauso, denn Sophas Stimmlage ließ auf einen kurz bevorstehenden Nervenzusammenbruch schließen. Nach dem heutigen Tag waren meine Geduldsreserven erschöpft. Meine Mutter breitete ihre Lehrbücher auf dem Küchentisch aus und ich zog mich in mein Zimmer zurück. Ich hatte es mir gerade mit einem Buch gemütlich gemacht, als mein Handy vibrierte. Ich liebe SMS vor dem Einschlafen. »Alles klar?«, wollte Oscar wissen. »Alles klar«, textete ich zurück. Als ich an den folgenden Tag dachte, war ich ganz ruhig. Wir hatten die Partie gewonnen, es gab nichts, worum ich mir Sorgen machen musste.

Am nächsten Morgen vor dem Spiegel wandte ich die gleiche Schminktechnik an wie am Vortag: eine üppige Dosis von allem und dann kräftig drüberwischen. Ich kam mir vor, als würde ich in eine Verkleidung schlüpfen, ein lustiges Gefühl. Am Frühstückstisch stellte ich fest, dass meine Mutter sich offenbar schon an mein neues Gesicht gewöhnt hatte. Bevor sie ging, sagte sie nur: »Jemand muss Sopha zurückrufen, am besten du.«

»Mache ich heute Abend.«

Im Moment hatte ich keine Zeit für Familienangelegenheiten, ich war ziemlich spät dran. Make-up ja, Zu-spät-Kommen nein.

Oscar wartete am üblichen Ort, lächelnd und frisch gekämmt.

»Ich habe eine Idee, ich werde mir Ohrlöcher stechen lassen«, sagte ich.

»Gute Idee! Ich auch. Das wollte ich schon lange, lass uns zusammen gehen.«

»Meinst du, das wäre der richtige Moment? Ich wollte das machen, weil alle Mädchen Ohrringe tragen, aber du …«

»Gerade deshalb. Der Moment ist ideal. Niemand wird es komisch finden, wenn ich Ohrringe trage, denn ich bin ja mit dir zusammen. Ich werde nur Amelies Freund sein, der mit den Ohrringen.«

»O.K., aber für den Anfang reicht eins.«

»Wenn du meinst. Ein Ohrläppchen für den Anfang.«

Als die Mülltonne in Sicht kam, griff ich automatisch nach seiner Hand. Wir mussten nicht einmal mehr schaukeln. Und als wir an Laurène, Jessica und Aurélie vorbeigingen, wurden wir freundlich gegrüßt. Wir nahmen den Gruß mit einem fast hoheitsvollen Lächeln entgegen.

»Willst du dich wirklich mit denen anfreunden?« Oscar verzog das Gesicht.

»Gefallen sie dir nicht? Möchtest du nicht, dass sie Freundinnen des jungen Paares werden?«

»Wenn wir wirklich Freunde brauchen, dann sollte sich jeder seine eigenen suchen. Getrennte Kasse.«

»Wie du meinst. Bevor dich Jungs anrufen und dich kichernd fragen, ob du mit mir zusammen bist, bin ich wahrscheinlich längst mit der ganzen Schule befreundet.«

»Es ist doch nicht mein Fehler, dass Jungs so verklemmt sind.«

In der Tat. Jungs hatten eine ziemlich seltsame Art, sich zu benehmen. Anstatt uns anzustarren oder sich etwas ins Ohr zu flüstern, blickten sie auf den Boden, zogen sich den Reißverschluss der Jacke hoch und redeten laut über alles und nichts. Sie hatten eine ziemlich offensichtliche Art zu zeigen, dass sie nichts gesehen hatten, und erinnerten dabei an Hühner auf der Stange.

»Hat sich für dich auch schon etwas verändert?«, fragte ich Oscar in der Mensa.

»Klar, die anderen schubsen mich nicht mehr. Sie gehen mir aus dem Weg.«

»Ist das besser?«

»Viel besser. Solange sie mich in Ruhe lassen und mich nicht zum Fußballspielen, Musikhören oder einer kleinen Klopperei einladen.«

Um seine neue Position nicht zu gefährden, verkniff sich Oscar im Französischunterricht jeden Kommentar. Wir mussten einen Text von Chateaubriand analysieren und interpretieren, ein harter Brocken im Konjunktiv Imperfekt. Die Fragen des Lehrers prallten an der Grabesstille der Klasse ab. Und trotz der verzweifelten Blicke, die er Oscar zuwarf, blieb dieser stumm. Ich wusste, wie viel Überwindung ihn das kostete. Aber er hielt dem Angriff heldenhaft stand.

»Was ist los, Oscar? Bedrückt dich etwas?«, fragte der Lehrer am Ende der Stunde besorgt.

»Danke der Nachfrage. Ich hatte gehofft, dass Sie es nicht bemerken. Machen Sie sich keine Sorgen, das geht vorbei.«

Das »Vorbeigehen« hatte gerade erst begonnen. Aber das wusste der Gute noch nicht.

Kapitel 16

Als ich nach Hause kam, übersah ich das rote Licht des Anrufbeantworters, obwohl es wie verrückt blinkte. Doch selbst wenn es mir aufgefallen wäre, hätte ich ihn wahrscheinlich nicht gleich abgehört. Ich hatte Besseres zu tun, angefangen mit einem entspannten Nickerchen. Also legte ich mich erst einmal hin. »Erst das Schläfchen, dann die Pflicht«, das war mein Motto für die Zeit nach der Schule.

Doch anders als sonst, riss mich nicht meine Mutter aus meiner Lethargie, sondern energisches Klingeln. Schlaftrunken stolperte ich zur Tür, mein Herz klopfte bis zum Hals.

»Was ist mit dem Telefon los? Haben sie es euch abgestellt?«, keifte Sopha, als sie in die Wohnung stürzte.

Ich stammelte etwas von Entschuldigung, keine Zeit, zu viel Arbeit, die Schule, die Prüfung meiner Mutter ... Ich hätte auch mit der Wand sprechen können, denn meine Tante hörte mir überhaupt nicht zu.

»Ich laufe mir die Hacken ab, um dir einen Gefallen zu tun, und was ist die Reaktion? Nichts! Es dürfte doch wohl nicht zu viel verlangt sein, mal den Telefonhörer abzunehmen! Oder?«

Ich ließ sie sich noch eine Weile austoben, bevor ich sie wieder auf den Boden der Tatsachen brachte.

»Möchtest du etwas trinken?«

»Da sag ich nicht Nein. Einen Kaffee vielleicht?«

»Ich mache dir einen.«

»Sehr liebenswürdig. Erinnerst du dich an Brian, den Fotografen? Stell dir vor, das Foto ist richtig gut geworden! So gut, dass er es gerne verwenden würde. Allerdings braucht er dazu dein Einverständnis und das deiner Mutter, da du noch minderjährig bist. Das Gleiche gilt für deinen Freund. Ich an deiner Stelle würde sofort Ja sagen. So ein Angebot ist äußerst schmeichelhaft und kosten tut es dich auch nichts. Im Gegenteil.«

Ich sah zu, wie der Kaffee durch den Filter in die Kanne tropfte.

»Was meinst du?«

»Ich?«

»Ja du. Du musst doch eine Meinung dazu haben. Ist es nicht toll, dass du auf Fotos so gut rüberkommst? Freust du dich denn gar nicht?«

»Ja, sicher, ja.«

Ehrlich gesagt hatte ich gar keine Meinung dazu, weder zu Brian noch zu mir, noch zu mir auf Brians Foto. Ich wollte nur, dass meine Mutter nach Hause kam, um die Sache mit Tante Sopha zu klären. Sie hatte schließlich gesagt, sie wäre auf meiner Seite. Gestern erst. Komm nach Hause! Ich brauche dich, jetzt oder nie!

Sopha nippte hin und wieder an ihrem Kaffee und warf mir misstrauische Blicke zu. Ich ließ mir Zeit, wischte einige Kaffeespritzer vom Waschbeckenrand, holte den Zucker aus dem Küchenschrank, räumte ihn wieder hinein, holte die Milch aus dem Kühlschrank und stellte sie wieder zurück, kramte nach Keksen ... Alles nur, um beschäftigt zu wirken. Keiner sagte ein Wort und ich hatte absolut nichts mehr zu tun, doch dann hörte ich – oh Wunder! – wie die Wohnungstür aufging.

»Jemand zu Hause? Amelie?« Es war die Stimme meiner Mutter.

»Anne-Lo!«, jubelte Sopha und schoss von ihrem Stuhl hoch. »Endlich!«

Meine Mutter betrat die Küche und warf mir einen forschenden Blick zu. Ich zog die Augenbrauen hoch und äugte verstohlen zu Sopha. Höchste Gefahrenstufe! Alle Warnlampen an!

»Was ist los?«, fragte meine Mutter.

»Ich werde aus deiner Tochter nicht schlau! Ich bringe ihr eine Nachricht, bei der jedes andere Mädchen in ihrem Alter vor Freude in die Luft springen würde. Und was ist der Dank? Sie ist beleidigt. Seit einer halben Stunde ...«

»Ich bin nicht beleidigt.«

»Und ob! Du bist beleidigt! Hör mal zu, Anne-Lo: Brian möchte gerne das Foto von Amelie und ihrem Freund für seinen Auftrag verwenden. Du kennst Brian ja, er ist ein ehrlicher Typ, er will, dass alles korrekt abläuft. Die Kinder bekommen natürlich ein Honorar. Kurz gesagt: Deine Tochter steht gerade am Anfang einer glanzvollen Modelkarriere. Sie wird ihr sozusagen auf dem Silbertablett serviert. Und sie ist nicht zufrieden.«

»Das habe ich nicht gesagt.«

»Schweig! Ich rede mit deiner Mutter. Davon abgesehen tut sie Brian damit einen Gefallen. ›Ich werde keine Besseren finden als diese beiden‹, genau diese Worte hat er gebraucht. Erkläre deiner Tochter doch bitte, dass man so eine Chance nur ein einziges Mal im Leben bekommt. Das große Glück, von einem begnadeten Fotografen ausgewählt zu werden und sich ganz nebenbei noch etwas Taschengeld zu verdienen. Sag ihr das! Auf mich hört sie ja nicht.«

Meine Mutter zog den Mantel aus.

»Ist noch Kaffee da?«, fragte sie. »Du musst mir das alles in Ruhe erklären, Sopha. Denn aus dem, was du bis jetzt gesagt hast, werde ich nicht schlau.«

»Muss ich dabei sein? Nicht, dass es mich langweilen würde, aber ich schreibe morgen Mathe.«

»Geh ruhig«, sagte meine Mutter.

»Genau.« Sopha war ganz ihrer Meinung. »Schieb ab, los, verschwinde ...«

Kapitel 17

Mathe lernen dauert nicht ewig. Ich klappte das Buch zu und ging wieder in die Küche. Meine Mutter und meine Tante hatten den Kaffee inzwischen durch Bier ersetzt und Brian war immer noch Thema, aber ich war inzwischen außen vor. Viel kriegte ich nicht mit, aber wenn ich richtig verstanden hatte, ging es um sein Gefühlsleben, jedenfalls um das, was aus Sophas Gerüchteküche davon bekannt war. Eines wurde mir sofort klar: Nicht nur in der Schule wird das Liebesleben der anderen mit Argusaugen beobachtet.

»Da bist du ja!«, unterbrach meine Mutter Sophas Redeschwall.

Heuchlerin! Als ob sie auf mich gewartet hätten ...

»Nach dem, was mir Sopha erzählt hat, ist die Sache ziemlich einfach.«

»Das beruhigt mich ungemein.«

»Hör deiner Mutter doch bitte erst mal zu«, sagte Sopha. »Ihr hörst du doch hoffentlich noch zu, oder?«

»Also, Brian arbeitet für eine Werbeagentur, die einen Auftrag von einem Ministerium bekommen hat. Es geht um eine Kampagne speziell für Jugendliche, dazu brauchen sie ein Portrait, das für die Jugend von heute charakteristisch ist. Brian hat uns um Zustimmung gebeten, das Foto, das er hier geschossen hat, zu diesem Zweck nutzen zu dürfen. Er wird euch natürlich dafür bezahlen.«

Mir kamen zwei Fragen in den Sinn: »Wo wird dieses Foto zu sehen sein?« und »Bezahlung, schön und gut, aber wie viel?« Doch zuerst fragte ich meine Mutter: »Und was meinst du dazu?«

»Ein bisschen Taschengeld hat noch niemandem geschadet. Und ich bin ziemlich stolz darauf, dass meine wunderbare Tochter zu wunderbaren Fotos inspiriert. Wenn du dich dafür erwärmen kannst, ist es mir recht.«

»O.K., gut ... Wird das Foto in der Öffentlichkeit zu sehen sein?«

»Hast du jemals das Resultat irgendeiner Kampagne irgendeines Ministeriums irgendwo hängen sehen? Kannst du dich an ein solches Plakat erinnern? An ein einziges?«

Ich musste zugeben, dass dem nicht so war. Ein Ministerium ist keine Klamottenmarke. Was die Werbung angeht, sind die Plakate der Regierung viel kleiner und bescheidener. Meist sieht man sie gar nicht.

»Entschuldige, wenn ich danach frage, Sopha, es ist vielleicht ein bisschen unverschämt, aber wie gut wird es bezahlt?«

»Ich kenne die üblichen Honorare nicht. Aber Brian meinte, eine schöne Reise säße schon drin.«

»Urlaub auf dem Bauernhof, im Zelt?«

»Weil das nichts kostet, oder was?«, giftete Sopha.

»Jetzt sei mal nicht albern, Amelie. Wenn Brian sagt, eine ›schöne Reise‹, dann meint er es auch so. Und das ganz ohne Gegenleistung, da könnte man direkt neidisch werden ...«, meinte meine Mutter.

Das Ganze kam mir seltsam unwirklich vor. Ein Foto, das ich noch nie gesehen hatte. Eine Werbekampagne, über die ich rein gar nichts wusste. Werbung, gut, aber welche Kampagne? Ministerium reimte sich auf Mysterium ... und selbst diese ›schöne Reise‹ war wenig greifbar für mich. Jemand gab mir Geld, damit ich mich an den Strand legen konnte? Irgendwie verrückt, oder? Bald war es Zeit fürs Abendessen, ich hatte keine Lust mehr, diese absurde Diskussion fortzusetzen, wollte, dass alle zufrieden waren und mich in Ruhe ließen. Ich gab nach.

»Wenn Mama einverstanden ist, mache ich mit. Dieses Foto werden wir ohnehin nie zu sehen bekommen.«

»Dieses wunderschöne Foto«, berichtigte Sopha. »Du musst aber noch mit deinem Freund sprechen.«

»Morgen, jetzt habe ich Hunger.«

Sopha blieb zum Essen. Thema für den Rest des Abends waren Kindheitserinnerungen der beiden Schwestern, alles sehr nett, aber nichts Neues. Sie liebten es, die ewig alten Geschichten immer wieder aufzuwärmen. Und ich kannte sie natürlich alle schon auswendig und ging deshalb früh ins Bett.

»Wenn es bezahlt wird, bin ich einverstanden«, sagte Oscar am nächsten Tag. »Dass ich mir mit meiner Schönheit mal die Ferien finanzieren würde, hätte ich mir auch nicht träumen lassen. Unverhofft kommt oft.«

»Bilde dir nicht zu viel darauf ein, es war Dämmerlicht und auf dem Foto wird man bestimmt nicht viel sehen.«

»Ich hoffe, dass wenigstens deine strahlende Schönheit gut zur Geltung kommt. Schade, dass wir unsere Ohrlöcher noch nicht hatten ...«

»Wahnsinn, du kannst ja richtig eitel sein.«

»Jemand muss sich ja um unsere Außenwirkung kümmern. Wenn ich warte, bis du zu Potte kommst, bleiben wir für immer zwei graue Mäuse, für die sich niemand interessiert.«

Wenn Oscar einen auf Schlauberger machte, ging er mir gewaltig auf die Nerven. Ich boxte ihm auf den Arm und er flüchtete. Wutschnaubend rannte ich ihm nach, dabei fuchtelte ich drohend mit den Armen und ließ den Rucksack kreisen. Dass wir in der Nähe der Schule und damit in der Beobachtungszone waren, hatten wir völlig vergessen. Aber egal. Unsere Mitschüler waren sehr verständnisvoll. Das gehörte eben dazu. Selbst der Versuch, jemanden mit seinem Rucksack erschlagen zu wollen, war für sie anscheinend ein echter Liebesbeweis.

Kapitel 18

Das Problem mit öffentlichen Liebesgeschichten ist folgendes: Alle sind begeistert, wenn sie beginnen, aber gleichzeitig wartet man ungeduldig darauf, dass sie endlich zu Ende gehen. Denn was die Welt wirklich interessiert, ist nicht so sehr die Liebe. Es ist die Geschichte. Dabei muss immer etwas passieren, sonst lässt das Interesse schnell nach. Und bei uns war in drei Tagen schon einiges passiert. Nach Händchenhalten und Armschaukeln war der Angriff mit dem Rucksack eine interessante Entwicklung. Das Publikum war zufrieden. Aber es wartete auf die Fortsetzung.

Anstatt in Jubelstürme für unsere Performance auszubrechen, die immerhin die Spannung aufrechterhielt, reagierten unsere Mitschüler mit Freundlichkeit und Sympathie und vor allem: Wir wurden beachtet. Mir fielen die interessierten Blicke auf, die mir sowohl von den Mädchen (eher neidisch) als auch von den Jungs (eher neugierig) zugeworfen wurden.

»Irgendwie komisch«, sagte ich zu Oscar, »ich habe mich gar nicht verändert, doch durch dein Interesse an mir werde ich plötzlich wahrgenommen.«

»Das ist nur, weil sich alle fragen, was ich an dir eigentlich gut finde. Immerhin hast du es geschafft, mich rumzukriegen, du musst also das gewisse Etwas haben und sie würden zu gerne wissen, was es ist. Und es sich dann möglichst abschauen. Dieser versteckte Charme macht dich unwiderstehlich.«

»Wenn ich deiner Logik folge, dann könnte man dich für einen absoluten Supertypen halten ...«

»Ich weiß, das überrascht eine Schönheit wie dich, aber es ist ein Fakt: Ich bin einfach umwerfend. Und wenn du Glück hast, küsse ich auch noch gut.«

»Hör mit diesem Schwachsinn auf oder ich mach Schluss.«

»Das wäre ein Fehler, ein fataler Rückschritt. Etwa so, wie wieder ein Frosch zu werden, nachdem man mal eine Prinzessin war.«

Da wir inzwischen akzeptiert waren, konnte Oscar es wagen, im Französischunterricht wieder er selbst zu sein. Zum Beispiel, indem er ein Gedicht vortrug, das nicht in unserem Lesebuch stand. Etwas wie: »Ein Nichts, ein Schaum, keusch ein Gedicht, nur ein Willkommenstrunk ein scheuer; Sirenen so im Schaumgischtfeuer oft wenden fern noch das Gesicht.« Es klang wie eine fremde Sprache, irgendwie nett, aber sehr speziell.

»Oscar«, sagte der Lehrer mit erstickter Stimme, »du zitierst Mallarmé.«

Unter normalen Umständen hätte ihn die eine Hälfte der Klasse nach einem solchen Auftritt verachtet, die andere gehasst. Aber er hatte den Moment gut gewählt. Denn bei einem Supertypen ist einfach alles super. Wahnsinnig ungerecht, aber so ist es. Ein zerrissenes T-Shirt, ein Kratzer auf dem Arm, ein blasslila Rucksack und die unbegreiflichen Worte eines bärtigen Dichters ... Er nutzte alles aus. Der Supertyp liegt niemals falsch. Denn er ist der Trendsetter. An diesem Tag gab es keinen Jungen, der nicht davon träumte, wenigstens drei jämmerliche Verse von La Fontaine auswendig zu können, um damit anzugeben – oder wie es Oscar ausgedrückt hätte: sich mit dem Gedankengut des Dichters vertraut zu machen.

Jegliche Schüchternheit, die ihn die Hälfte seines Lebens fast erstickt hätte, war von ihm abgefallen. Jetzt brach alles aus ihm heraus, jetzt zeigte er sein wahres Gesicht. Eine kleine Ermutigung hatte genügt, um seine Hemmungen fallen zu lassen und zu dem zu werden, der er wirklich und schon immer war: ein echter Hysteriker.

»Oscar, keine Ahnung, ob es dir aufgefallen ist, aber du veränderst dich«, sagte ich zu ihm auf dem Heimweg (Hand in Hand). »Und nicht nur in den Augen der anderen.«

»Ich weiß. Und ich weiß auch, wem ich das verdanke. Vielen Dank, Amelie.«

»Nein, stopp! Ich wollte nur sagen, dass du aufpassen sollst. Ich weiß nicht, ob ich das so toll finde, wenn du ein anderer wirst. Ich mochte den alten Oscar, den aus der Grundschule ...«

»Aber der bin ich doch! Ich habe Comics auswendig gelernt, Bild für Bild, weißt du noch?«

»Natürlich. Entschuldige, ich mache mir mal wieder völlig grundlos einen Kopf.«

Von wegen grundlos ... Wenn ich gewusst hätte, was uns noch erwartet, dann hätte ich meinen Kopf so lange gegen die Mauer geschlagen, bis er geplatzt wäre ...

Kapitel 19

Zum jetzigen Zeitpunkt meiner Geschichte könnte man meinen, der Flügelschlag des Schmetterlings hätte seinen Zweck erfüllt. Ein Knalleffekt mit absurden Folgen – und ich war ein Teil des Ganzen. So wie es jetzt war, so hätte es bleiben können. Das Problem ist nur, dass man eine Lawine nicht aufhalten kann, wenn sie einmal ins Rollen gekommen ist.

Ich verabschiedete mich von Oscar und fuhr mit dem Aufzug nach oben, dabei summte ich ein Lied. Bei uns war alles ruhig, die Wohnung leer. Welch ein Luxus. Nur ich, mein Zimmer, mein Bett und meine Ruhe.

»Amelie? Bist du's?«

Die Stimme kam aus dem Wohnzimmer. Ich warf einen Blick durch die Glastür und erkannte eine Person auf dem Sofa. Und diese Person fuhr sich nervös durchs Haar. Meine Mutter. Um diese Zeit war sie eigentlich in ihrem kleinen Büro in der Bank. Warum saß sie auf dem Sofa im Wohnzimmer und fuhr sich hektisch durch die Haare?

»Alles klar?«, fragte ich besorgt.

»Ja, klar, meine Liebe. Hast du jetzt schon Schule aus?«

»Donnerstags haben wir nur bis um drei.«

»Ach ja?«

Sie war überrascht. Kein Wunder, wenn man nie vor sieben heimkommt, wie soll man da den Stundenplan seiner Tochter im Kopf haben?

»Hallo Amelie«, sagte eine zweite Stimme. Eine zweite Person saß auf dem Sofa, vom Rücken meiner Mutter halb verdeckt. Die Person reckte sich und streckte den Kopf nach vorne, um mir zuzulächeln. Eine Schildkröte. Eine Schildkröte im karierten Hemd. Brian.

»Störe ich?«

»Überhaupt nicht! Wir haben auf dich gewartet«, sagte meine Mutter und schoss vom Sofa hoch. Gleich zwei Lügen auf einmal, ihre Wangen waren feuerrot. Sie log verdammt schlecht.

»Brian hat die Verträge gebracht ...«

Die perfekte Ausrede! Rührend. Geradezu grotesk. Ohne ein weiteres Wort brachte ich meinen Rucksack in mein Zimmer. Als ich zurückkam, hatten sie sich aus den Kissen geschält und saßen brav am Küchentisch. Brian mit seinem auf den Lippen festgefrorenen Lächeln und meine Mutter mit immer noch leicht geröteten Wangen.

»Alle sind begeistert.« Brian tippte mit dem Zeigefinger auf die Verträge. »Die Agentur und der Kunde auch.«

»Die Agentur und der Kunde?«

»Brian meint die Werbeagentur und das Ministerium«, antwortete meine Mutter geduldig, so als ob ich ein bisschen zurückgeblieben wäre.

War sie jetzt seine Assistentin, oder was? Ich hatte große Lust, sie in die Wüste zu schicken, beide zusammen, und rein gar nichts zu unterschreiben. Aber ich hatte die fruchtlosen Diskussionen und unausgesprochenen Vorwürfe satt.

»Gib mir einen Füller und sag, wo ich unterschreiben soll ...«

»Willst du den Vertrag nicht erst lesen, bevor du ihn unterschreibst?«, fragte Brian.

»Warum? Meine Mutter ist als Erziehungsberechtigte verpflichtet, meine Interessen wahrzunehmen, so steht es im Gesetz. Ich nehme an, sie hat auf dem Sofa genug Zeit zum Lesen gehabt.«

»Du kannst ja so was von nervig sein«, meinte meine Mutter.

Nervig vielleicht, aber nicht schleimig. Ich steckte die Kappe wieder auf den Füller und gab ihn Brian zurück.

»Entschuldigt bitte, aber ich habe zu tun. Bis dann.«

»Bis dann, Amelie. Ich lasse dir ein Exemplar für Oscar da.« Brian schien ungerührt. »Es ist ziemlich eilig.«

»In Ordnung.«

Als ich wieder in meinem Zimmer war, bemerkte ich, dass ich die falsche Entscheidung getroffen hatte. Ich war zu aufgewühlt, um zu schlafen, zu lesen oder mich zu konzentrieren. Normalerweise hätte ich mich vor den Fernseher gesetzt, um abzuschalten. Aber das Wohnzimmer wurde von einem Eindringling besetzt und es kam nicht infrage, das Terrain mit ihm zu teilen. Ergebnis: Ich war eine Gefangene in meinen eigenen vier Wänden. Einzige Lösung: Flucht.

Ich griff nach meinem Schlüsselbund und dem Handy, dann verließ ich das Zimmer. Der Vertrag lag auf dem Tisch und ich griff im Vorbeigehen danach. Wie gerne hätte ich meine Mutter und Brian einfach übersehen. Leider waren sie wieder auf dem verdammten Sofa gelandet, nachdem sie geglaubt hatten, mich losgeworden zu sein. Es war unmöglich, sie zu ignorieren.

»Ich gehe zu Oscar.«

»Zu Oscar?«

Wieder dieses Erstaunen. Wahrscheinlich, um ihre Erleichterung zu verbergen. Meine Mutter hatte sich an Brian gepresst, ihr rechter Oberschenkel klebte wie magisch angezogen an seinem linken. Eine Frau in ihrem Alter. Eine Frau mit einer fast erwachsenen Tochter. Ich schlug die Tür hinter mir zu, ich hatte genug gesehen ...

Kapitel 20

»Hallo, Oscar? Ich stehe unten, ich habe den Vertrag dabei, kann ich hochkommen?«

»Musst du nicht, ich komme runter! Warte!«

Ich war so aufgebracht, dass mir Tränen in die Augen stiegen. Ich brauchte Trost. Ich sehnte mich nach einer ganz normalen Wohnung, einer ganz normalen Familie, nach ganz normalen Eltern, nach einer ganz normalen Mutter, die mir ein Glas Orangensaft anbot. Damit ich für einen Moment meine eigene Mutter mit ihrer heimlichen Affäre vergessen könnte. Aber es war immer das Gleiche: Oscar kam wegen allem und nichts bei mir vorbei, während ich noch nie bei ihm zu Hause gewesen war. Bisher hatte ich das akzeptiert. Aber heute fiel es mir wie Schuppen von den Augen. War ich etwa nicht gut genug, um in die Wohnung seiner Eltern eingeladen zu werden? Was war nur falsch an mir?

»Was ist los?«

Oscar betrachtete mich mit sorgenvollem Blick.

»Ist irgendwas passiert?«

»Alles ist passiert. Und ich kann nirgends hin ...«

Ich spürte, wie eine einzelne Träne über meine Wange auf meine Lippen herabrollte. Oscar nahm mich in die Arme und hielt mich ganz fest, genau wie wir es in meinem Zimmer geübt hatten. Kurz bedauerte ich, dass wir nicht vor der Schule standen und uns niemand sehen konnte. Doch dann kuschelte ich mich an ihn und ließ meinen Tränen freien Lauf.

»Meine Mutter hat was mit dem Fotografen, ich bin mir sicher.«

»Das ist doch nicht schlimm. Wenn du einen Vater hättest ...«

»Aber sie ist doch nicht allein. Sie hat doch mich. Und außerdem ist sie zu alt für so was, und dieser Brian auch, das ist ekelhaft ...«

»Vielleicht tun sie auch nur so, genau wie wir? Alles nur gespielt?«

Oscar ließ mich los und sah mich lächelnd an.

»Frag doch mal.«

Keine schlechte Idee. Ich war schon etwas weniger traurig. Aber nicht weniger sauer. Als hätte sich meine Trauer in Wut verwandelt.

»Und du?«

»Was soll die Frage?«

»Warum darf ich nie mit zu dir? Schämst du dich mit mir?«

Das Lächeln verschwand aus Oscars Gesicht. Er senkte den Blick und starrte verlegen auf den Boden.

»Das ist es nicht.«

»Was dann?«

Statt einer Antwort kam ein tiefer Seufzer, dann blickte er mich wieder an.

»Du willst wirklich mit zu mir?«

Ehrlich gesagt war ich mir da nicht mehr ganz sicher. In seinen Augen lag etwas so Ernstes, so Trauriges, dass ich gerne die Zeit zurückgedreht und ihn niemals gefragt hätte.

»Eigentlich ist es ja ganz normal«, fuhr Oscar fort, ohne meine Antwort abzuwarten. »Ich komme mit zu dir, du kommst mit zu mir. Ich gehe hoch und sage meiner Mutter Bescheid, du wartest fünf Minuten, dann kommst du nach. Im fünften Stock, rechts.«

Er wandte sich um und ging wieder ins Haus. Ich sagte kein Wort. Die nächsten fünf Minuten kamen mir vor wie eine Ewigkeit. Dann machte er mir die Tür auf.

»Komm rein.«

Die kleine Wohnung war vollgestopft mit Möbeln. Unter dem Fenster standen ein Gaskocher und eine Spüle, gegenüber an der Wand ein Fernsehapparat. Am Tisch in der Mitte des Zimmers saß eine Frau vor einer Nähmaschine. Als ich hereinkam, erhob sie sich, kam auf mich zu und reichte mir die Hand. Ich erkannte sie sofort, es war die Frau aus dem Kaufhaus, am Tag, als der Schmetterling mit den Flügeln geschlagen hatte.

»Meine Mutter«, sagte Oscar.

Dann sagte er etwas auf Chinesisch, irgendwo in der Mitte des Satzes tauchte dabei mein Name auf.

»Bonjour, Mademoiselle«, sagte seine Mutter.

Sie hatte einen Akzent, der die beiden Worte wie Vogelgezwitscher klingen ließ. Sie verbeugte sich leicht, ich erwiderte ihren Gruß. Dann verschränkte sie die Hände und sah uns mit gezwungenem Lächeln an. Währenddessen sah ich mich um: aufeinandergestapelte Kleidersäcke an den Wänden, ein Haufen Zeitungen mit chinesischen Schriftzeichen auf einem Hocker, ein Kalender, eine Wanduhr, zwei lächelnde Kühe aus Keramik und jede Menge Krimskrams in Regalen, auf dem Boden und den Stühlen. Schließlich setzte sie sich wieder an den Tisch. Ihre Hände fuhren geschickt über den Stoff, den sie unter die Nadel der Nähmaschine schob.

»Mein Vater kommt erst spät«, sagte Oscar. »Er arbeitet in einer Lederwarenfabrik. Komm, ich zeig dir alles.«

»Das brauchst du nicht ...«

»Jetzt schon.«

Kapitel 21

Ein winziges Badezimmer mit einer Mini-Waschmaschine aus blauem Plastik, die in der Duschwanne stand. Ein Schlafzimmer, kaum größer als ein Schrank, gerade groß genug, um die Schlafcouch seiner Eltern aufklappen zu können. Und Oscars Zimmer, das Prunkstück der Wohnung. Ein Schreibtisch, ein Computer, ein Stoffschrank, ein ordentlich gemachtes Bett. In einer Ecke ein rotgoldener Schrein mit Familienfotos und halb heruntergebrannten Räucherstäbchen.

»Da unsere Wohnung sehr klein ist«, sagte Oscar, »steht der Altar für unsere Ahnen in meinem Zimmer. Mich stört nur der Räuchergestank. Aber dafür ist es ein schönes Gefühl, die Seelen seiner Vorfahren ganz in der Nähe zu wissen.«

Wir verließen das Zimmer, Oscar schloss die Tür.

»So, das war's. Nicht so toll wie bei dir natürlich ...«

Seine Mutter saß noch immer am Tisch, den Kopf nach vorne gebeugt, die Nähmaschine ratterte.

»Und der Vertrag?«, fragte ich.

»Ich werde ihn unterschreiben.«

»Deine Eltern müssen aber auch.«

»Das sagte ich doch. Ich unterschreibe.«

»Aber deine Eltern?«

»Ich unterschreibe immer alles.«

»Immer?«

»Sie sprechen kaum Französisch und was das Schreiben betrifft ...«

Er nahm den Vertrag und überflog ihn. Dann pfiff er durch die Zähne.

»Hast du ihn gelesen?«

»Nein.«

»Wir bekommen ganz schön viel Geld ...«

»Ganz schön viel?«

»Ganz schön viel mehr. Los geht's mit 3.000 Euro.«

»3.000 Euro?«

»Ja, und dann hängt alles von der Anzahl der Abdrucke ab. Weißt du, was genau sie mit dem Foto vorhaben?«

»Da müsste ich mal Brian fragen.«

»Wenn du meinst. Aber für dieses Honorar könnten wir es stillschweigend akzeptieren und uns einfach bedanken.«

Über geschäftliche Dinge zu sprechen machte es leichter. Wenn das ratternde Geräusch der Nähmaschine nicht gewesen wäre, könnte man sich hier genau so wohlfühlen wie bei mir zu Hause. Aber es gab die Maschine nun mal. Die Arbeit. Die Hände seiner Mutter, die über den Stoff strichen. Eben diese Atmosphäre machte die Wohnung nicht gerade zum idealen Ort fürs Nichtstun oder Rumhängen.

»Willst du noch bleiben?«, fragte Oscar, ohne dass ich so recht wusste, ob er es ehrlich meinte oder sich über mich lustig machte.

»Wir können gerne wieder gehen. Aber ich bin froh, dass du mich mitgenommen hast.«

»Kein Problem. Nun weißt du, warum es besser ist, sich bei dir zu treffen.«

Oscar sagte seiner Mutter Bescheid, jedenfalls nahm ich das an.

»*Au revoir*, Mademoiselle«, sagte seine Mutter.

»*Au revoir*, Madame«, antwortete ich mit einer Verbeugung.

Draußen setzten wir uns auf das Mäuerchen vor dem Haus und Oscar unterschrieb den Vertrag. Einmal für sich und einmal für seinen Vater.

»Soll ich dich nach Hause bringen?«, fragte er schließlich, als er mir den Vertrag zurückgab.

Er hatte wieder diesen Beschützerton drauf, doch ich fühlte mich stark genug, meiner Mutter ohne Begleitschutz entgegenzutreten. Selbst wenn sie nicht allein sein sollte.

»Das ist nett, aber es geht schon, danke. Da muss ich alleine durch, wie eine Erwachsene.«

Als ich nach Hause kam, war die Wohnung leer. Niemand auf dem Sofa, niemand in der Küche. Bestimmt hatte ich sie so geschockt, dass sie die Flucht angetreten hatten. Gar nicht schlecht. Auf Smalltalk wäre ich sowieso nicht scharf gewesen. Ich hatte Wichtigeres im Kopf.

Es waren nicht mal zwei Stunden vergangen, seitdem ich aus der Schule gekommen war, aber ich hatte das Gefühl, als sei mein Leben komplett aus den Fugen geraten. Als hätte ich die beiden wichtigsten Menschen verloren. Nicht, dass sie verschwunden waren, nein. Sie waren einfach nicht mehr die, die sie noch heute Morgen gewesen waren. Zuerst meine Mutter: Zwar nicht immer pflegeleicht, nicht immer lustig, aber doch immer ein Vorbild an Moral und Zuverlässigkeit. Diese Frau hatte sich in ein flatterhaftes Wesen mit zerzausten Haaren verwandelt, das sich mit fremden Männern auf dem Sofa vergnügte. Und dann mein bester Freund: Der kluge und fleißige Oscar, immer wie aus dem Ei gepellt, war zu einem zweisprachigen Fälscher und Voodoopriester mit eigenem Ahnenschrein geworden. Selbst ich hatte mich im Laufe eines einzigen Nachmittags verwandelt, wenn man es bei Licht betrachtete. Aus der widerborstigen Amelie war eine allseits beliebte junge Frau mit geschminktem Gesicht geworden, die mit ihrem Klassenkameraden ging. Musste sich alles immer verändern und dann auch noch so schnell? War das etwa mein Leben? Diese Achterbahn der Gefühle?

Kapitel 22

»Amelie, wir müssen reden«, sagte meine Mutter, als sie die Küche betrat.

Dann pfefferte sie ihre Tasche auf den Tisch. Ich saß bedrückt vor der offenen Kühlschranktür und fragte mich gerade, was ich wohl essen könnte, ohne dass mir schlecht würde. Irgendeine Kleinigkeit, um meine Nerven zu beruhigen. Etwas Kompott vielleicht?

»Du hast dich bestimmt gefragt, warum Brian hier war ...«

Das Grauen. Sie war dabei auszupacken und ich war gezwungen zuzuhören. Vielleicht sollte ich ihr auch noch Glück wünschen, wer weiß?

»Sag mir einfach, dass ihr nur so tut als ob. Mehr will ich nicht wissen.«

»Wenn du mir nicht zuhören willst, bitte, dann sage ich eben nichts. Du sollst aber wissen, dass ...«

»Nein!«

»Doch. Du sollst wenigstens wissen, dass es dir zu verdanken ist, dass Brian und ich uns kennengelernt haben. Ohne deine kleine Shoppingtour mit Sopha, ohne das Foto, denke ich kaum, dass ...«

»Na klar! Alles meine Schuld! Oscar hält sich für einen Megastar, meine Mutter findet ihren Traummann und warum das alles? Nur wegen mir!«

»Amelie! Ich bitte dich, versteh mich nicht falsch. Brian mag dich sehr ...«

»Du brauchst ihn gar nicht zu verteidigen, kleine Dicke in karierten Hemden sind eh nicht mein Fall.«

»Mit dir kann man einfach nicht reden ...«

»Das meine ich ja. Sprich einfach nicht mit mir. Kein Wort.«

»Gut«, sagte meine Mutter resigniert. »Ich nehme an, dein Verhalten ist normal. Wahrscheinlich kann man das in jedem Erziehungsratgeber nachlesen.«

»Entschuldige mal, hier geht's doch wohl eher um dich als um mich. Ich knutsche schließlich nicht auf dem Sofa rum.«

»Raus!«, schrie meine Mutter. »Sofort, oder ich gehe!«

Ich hatte die Nase voll davon, mich wieder in mein Zimmer zu flüchten. Also ging ich ins Wohnzimmer und nutzte das temporär freie Sofa, um fernzusehen.

Nach einer Weile tauchte meine Mutter auf, in jeder Hand eine halbe Pizza. Ich nahm meine Hälfte ohne ein Wort entgegen. Sie schwieg ebenfalls und setzte sich neben mich. Sie fragte nicht einmal, ob ich umschalten könnte. Immerhin war Nachrichtenzeit und ich zog mir die Simpsons rein.

Alles war wieder wie früher. Meine Mutter und ich saßen auf dem Sofa, schauten fern und aßen Pizza. Ein sicheres Indiz dafür, dass ich ihr wichtiger war als alle Brians dieser Welt. Oder dass Brian auch jemanden zu Hause hatte ... Arme Mama! Hin- und hergerissen zwischen einer zickigen Tochter und einem Fotografen, dessen Körper an einen Heißluftballon erinnerte. Ich beobachtete sie aus den Augenwinkeln. So alt sah sie gar nicht aus, mit ihren schulterlangen lockigen Haaren. Wie sie dasaß, tapfer auf den Bildschirm starrte und in die Pizza biss, ohne zu bemerken, dass ihre Bluse mit Tomatensoße bekleckert war. Auch sie hatte das Recht auf ein bisschen Spaß im Leben. Und wenn ihr Spaß eben Brian hieß, was soll's ...

»Mama, so schlimm ist es nicht.«

»Ich weiß, Liebling. Alle Mädchen streiten mit ihrer Mutter.«

»Nein. Ich meine, es ist nicht schlimm, dass zwischen Brian und dir was läuft. Im Grunde ist es mir egal. Wenn du mit ihm zusammen sein willst, dann ist das deine Sache.«

»Oh mein Liebling«, seufzte sie.

Dann fiel ihr ein Stück Artischocke aufs Knie.

»Ich habe Oscars Vertrag«, sagte ich, während sie mit einer Serviette die Artischocke von ihrer Hose wischte.

»Schon?«

»Ich bin zu ihm gegangen. Ich habe seine Mutter kennengelernt.«

»Ach ja?«

Sie blickte missmutig auf die Hose. Total versaut.

»Die Wohnung ist ganz klein. Seine Mutter arbeitet zu Hause als Schneiderin und sie spricht kein Französisch.«

»Na und?«

»Wie, na und? Er hat mir nie davon erzählt!«

»Was hätte er dir denn sagen sollen?«

»Keine Ahnung ... Immerhin bin ich seine beste Freundin. Und jetzt sind wir außerdem zusammen, auch wenn es nicht stimmt.«

»Für eine gute Beziehung ist Schweigen manchmal besser als Reden«, sagte meine Mutter bedeutungsschwer. »Schweigen kann manchmal ein Zeichen des Respekts sein. Oder eine Mauer, um sich dahinter zu verstecken.«

Sie sah dabei so betroffen aus, dass ich misstrauisch wurde.

»Sprichst du von dir oder was?«

Sie schwieg und griff nach der Fernbedienung.

»Stört es dich, wenn ich umschalte? Die Nachrichten sind gleich zu Ende ...«

Kapitel 23

Auf die schlimmsten Momente im Leben folgen manchmal trügerische Pausen, wo rein gar nichts passiert. So verbrachte ich zwei friedliche Wochen, im Einklang mit meiner Familie und mit Oscar. Wenn meine Mutter sich mit Brian traf, war sie sensibel genug, es mir zu verschweigen. Und Oscar? Mein Eindringen in seine Privatsphäre schien er mir nicht übel zu nehmen. Im Gegenteil. Irgendwie schien er sogar erleichtert darüber. Harmonie pur. Alle waren bester Laune. Bis zu jenem Morgen, der begann wie der beste aller möglichen Morgen. Als ich aufwachte, blinzelte die Sonne durchs Fenster, meine schwer verliebte Mutter kam mir vor wie die beste aller Mütter, und mein zweisprachiger Freund war einfach perfekt. Selbst der Aufzug meinte es an diesem Morgen gut mit mir. Er ruckelte ein wenig und transportierte mich in eine glänzende Zukunft. Wäre er doch nur zwischen zwei Stockwerken stecken geblieben! Aber hinterher ist man immer schlauer.

Oscar wartete schon auf mich, ein Lächeln auf den Lippen, seine Hand bereit, die meine zu ergreifen. Ich hatte das angenehme Gefühl, wieder in der Grundschulzeit gelandet zu sein. Kurz, wir starteten bestens gelaunt in einen neuen Schultag ... bis die Dinge aus dem Ruder liefen.

Am Schultor war alles wie immer. Mädchen und Jungs standen grüppchenweise herum, in lebhafte Diskussionen vertieft. Nur ab und zu warfen sie den Neuankömmlingen kurze Blicke zu. Normalerweise hätte man uns mit gelangweilten, aber wohlwollenden Blicken bedacht, bevor wir in der Menge verschwunden wären.

Aber es war nicht wie sonst. In dem Moment, als die anderen uns sahen, verstummten schlagartig alle Gespräche. Die Schüler bildeten eine Gasse, wie zwei Mauern, zwischen denen wir hindurchgehen mussten. Schluss mit den wohlwollenden Blicken. Jetzt waren sie überrascht. Misstrauen schlug uns entgegen, begleitet von eisigem Schweigen.

»Was ist los?«, flüsterte Oscar.

»Keine Ahnung.«

»Ich habe das unangenehme Gefühl, in einer Parallelwelt gelandet zu sein.«

»Da bist du nicht der Einzige. Zumindest sitzen wir im gleichen Boot.«

Links von mir stand Laurène. Ich warf ihr einen verzweifelten Blick zu, sie lächelte mitleidig zurück. Dabei wurde sie rot bis zu den Haarwurzeln.

»Oscar, da stimmt etwas nicht. In spätestens fünf Minuten fallen sie über uns her und reißen uns in Stücke.«

Er drehte sich zu mir und deutete mit dem Zeigefinger auf meine Nase.

»Was hast du angestellt? Gib's zu!«

»Nichts. Und warum überhaupt ich?«

»Irgendjemand muss etwas gemacht haben und da ich es nicht war ...«

Im Klassenraum herrschte bleierne Stille. Ganz anders als sonst hörte man weder Stimmengewirr noch Gelächter. Heute schien jeder zu flüstern, damit ja kein anderer etwas hören konnte. Oder besser gesagt, damit *wir* nichts hören konnten. Ich wartete ungeduldig darauf, dass endlich die Lehrerin auftauchte. Vielleicht würde der Anblick eines normalen Menschen wieder Ordnung ins Chaos bringen ...

Madame Barbot kam herein, warf ihre Tasche auf den Tisch und blickte sich um. Dann wanderten ihre Augen zu uns. Unendlich lange Sekunden fixierte sie Oscar und mich, ganz so, als ob außer uns niemand mehr im Raum wäre. Langsam, aber sicher wurde Oscar nervös. Er blickte sich verwirrt um, wie ein Raumfahrer, der gerade aus der Raumkapsel aussteigt und feststellt, dass er ganz alleine da oben ist. Endlich wandte sie die Augen ab und die Stunde begann. Wir waren gerettet. Für 45 Minuten.

Die Klingel, die normalerweise ein Befreiungssignal war, kam mir heute wie eine Strafe vor. Zur nächsten Stunde mussten wir den Raum wechseln, sodass uns ein erneutes Spießrutenlaufen bevorstand.

»Ich glaube nicht, dass ich hier rauswill«, flüsterte ich Oscar zu, während ich meine Sachen zusammenpackte.

»Das trifft sich gut. Madame Barbot scheint es genauso zu gehen.«

Tatsächlich hatte die Lehrerin nicht nach ihrer Tasche gegriffen, sondern sich auf das Pult gesetzt und die Arme verschränkt.

»Amelie«, rief sie, als ich gerade an der Tür war.

»Ja?«

Kapitel 24

Ich ging zum Pult. Oscar, der Feigling, hatte meine Verblüffung genutzt und die Flucht ergriffen. Er war schon auf dem Gang. Frei! Das Herz schlug mir bis zum Hals. Und dabei wusste ich noch nicht mal, vor was ich mich fürchten sollte …

»Nun Amelie«, begann Madame Barbot mit breitem Lächeln, jenes Lächeln, mit dem Erwachsene versuchen, Jugendlichen ihre Befangenheit zu nehmen. »Ich vermute, ich darf euch beide beglückwünschen?«

»Das wäre schön, Madame«, sagte ich, »aber ich wüsste nicht, warum.«

»Komm schon, nicht so bescheiden. Du bist wunderbar, ganz zu schweigen von Oscar! Das habe ich euch gar nicht zugetraut! Ihr seid jetzt unsere Stars!«

Woher wusste die Barbot, dass wir zusammen waren? Und warum machte sie daraus eine so große Sache? Wahrscheinlich war sie jetzt auch übergeschnappt. Sie nahm ihre Tasche und warf mir ein letztes undefinierbares Lächeln zu.

»Ihr beide seid doch vernünftige junge Leute. Ihr lasst euch das nicht zu Kopf steigen, oder?«

»Nein Madame, ich denke nicht …«

Die anderen waren schon im Physiksaal und hatten ihre Schutzkittel an. Oscar stand hinter dem Labortisch und starrte auf das Whiteboard. Mit rotem Filzstift hatte jemand darauf geschrieben:

»Die Liebe ist ein Geschenk. Verhütung ist Verantwortung.«

Niemand sah uns an, alle glotzten wie gebannt auf die Tafel. Die Atmosphäre war spannungsgeladen, ein Knopfdruck, und alles würde explodieren. Es war der unglückselige Dambert, der den Stein schließlich ins Rollen brachte. Der Physiklehrer stürmte herein, das Hemd nicht ordentlich zugeknöpft, die Aktentasche weit geöffnet. Völlig außer Atem stammelte er: »Zu spät ... der Direktor ... Beeilung ... Hefte auf ...«

Dann stockte er, die unerwartete Stille im Saal machte ihn stutzig. Er folgte dem Blick seiner Schüler und schaute auf die Tafel.

»Physik ist das hier, von wegen Sexualkunde ... Das wischt jemand weg ... Hefte auf, und zwar plötzlich!«

Dann nahm er ein zerfleddertes Buch aus der Tasche und setzte die Brille auf.

»Überschrift ... rot ... Schreibt: Anziehungskraft von Körpern. Warum hat der Körper ein Gewicht?«

Und da war sie, die Explosion. Wieherndes Lachen, lange Zeit unterdrückt, die gesamte aufgestaute Energie wurde auf einmal freigesetzt. Wie bei einem Vulkanausbruch. Die Mädchen prusteten los und krümmten sich, die Jungs wischten sich die Lachtränen aus den feuerroten Gesichtern. »Warum hat der Körper ein Gewicht?«, raunten sie sich zu, immer wieder von Lachanfällen geschüttelt. Nur zwei Menschen stimmten nicht in die allgemeine Hysterie ein. Oscar und ich. Und noch ein dritter muss erwähnt werden. Dambert. Doch statt für Ruhe und Ordnung zu sorgen, warf er uns einen finsteren Blick zu.

»Nun Lin ..., und du, Amelie ... zufrieden?«

»Womit, Monsieur?«, wagte Oscar zu fragen.

»Jetzt tu doch nicht so! Das Chaos spricht für sich, ein Skandal ...«, schimpfte Dambert.

Und da sich noch keiner erbarmt hatte, nahm er das Putztuch und wischte das Whiteboard selbst sauber.

»Es reicht jetzt!« Seine Stimme überschlug sich.

Nach und nach ebbte das Gelächter ab, die eben noch vorherrschende Hysterie wich der Normalität. Hefte wurden aufgeschlagen, rote Stifte zur Hand genommen.

»Ich glaube, uns ist eine wichtige Information entgangen«, murmelte Oscar. »Ein Problem der Parallelwelten wahrscheinlich. Wir wissen eben auch nicht alles ...«

»Lin!«, brüllte Dambert. »Glaub bloß nicht, dass du dir alles erlauben kannst. In meiner Stunde ist kein Platz für Stars. Ruhe jetzt oder du fliegst raus!«

»Ich bin zu meinem bösen zweiten Ich geworden«, presste Oscar zwischen zusammengekniffenen Lippen hervor.

Dambert machte seine Drohung wahr und setzte ihn vor die Tür.

Kapitel 25

Er wartete an der Treppe auf mich. Als er mich kommen sah, schlich sich ein Lächeln auf sein Gesicht. Ein mutiges. Wie man es aufsetzt, wenn man etwas Schreckliches zu berichten hat. Das fratzenhafte Lächeln der drohenden Katastrophe.

»Hör auf mich so anzulächeln! Du machst mir Angst!«

»Beruhige dich. Kein Grund zur Sorge. Jedenfalls bis jetzt. Ich war beim Direktor und dann im Lehrerzimmer und habe Informationen gesammelt. Und ich muss dir sagen, jetzt wird es ernst. Wir sind tatsächlich in eine Parallelwelt eingetaucht. Aber das, was ich dir jetzt sage, wird dir helfen, die Katastrophe zu überstehen. Du wirst bald in Geld schwimmen. Erinnerst du dich an den Vertrag, den du vor einigen Tagen unterzeichnet hast? Eine sprudelnde Geldquelle, dein Sparbuch wird jubeln. Nicht schlecht, oder?«

»Augenblick mal. Ich habe ihn nicht wirklich gelesen. Das soll also heißen, dass Brians Foto ...«

»... gerade auf der Hälfte aller Busse der Stadt spazieren fährt. Erstens. Außerdem ist es auf riesigen Plakatwänden überall in der Stadt zu sehen. Zweitens. Darüber hinaus in diversen anderen Städten, in unzähligen kleinen Dörfern auf dem Land. Drittens. Ziemlich wahrscheinlich befindet sich das Foto auch auf Broschüren, Prospekten und Postwurfsendungen. Wart's ab, irgendwann wirst du es in deinem Briefkasten finden. Das war Nachricht Nummer zwei.«

»Das Ministerium ist ...?«

»... das Gesundheitsministerium. Hiermit verkünde ich dir, dass du die Hauptrolle einer landesweiten Werbekampagne für mehr Empfängnisverhütung bei Jugendlichen spielst!«

»Also das ist es ...«

»Die Liebe ist ein Geschenk, Verhütung ist Verantwortung. Ganz genau.«

»Mir wird ganz anders ... Ich glaube, ich falle in Ohnmacht.«

»Du wirst weder in Ohnmacht fallen, noch wirst du kotzen. Du bist doch nicht schwanger. Du bist eine kerngesunde und verantwortungsbewusste junge Frau. Du hast jetzt eine Stellung zu verlieren in der neuen Welt.«

»Und du? Was ist mit dir?«

»Ich stehe an deiner Seite. Nach allem, was ich so gehört habe, stehe ich neben dir und schaue dich bewundernd an. Die Barbot hat gesagt, wir seien ein wirklich schönes Paar. Allerdings sehen mich alle Lehrer an, als sei ich so etwas wie ein Geist. Ich vermisse meine alte Welt. Und wie!«

»Ach Oscar!«

»Ich wollte es dir persönlich sagen. Außerdem haben wir noch eine Stunde vor der Mittagspause.«

Wir mussten noch Englisch überstehen. Danach in die Mensa? Auf keinen Fall! Lieber sterben als noch länger in dieser feindlichen Welt leben. Und die quälenden Fragen, die dort auf uns lauerten ... Öffentliche Personen werden immer auch öffentlich befragt. Oscar meldete sich vom Mittagessen ab und übernahm auch gleich meine Unterschrift. Er orientierte sich dabei an meinem Berichtsheft. Wirklich ein genialer Fälscher. Und Skrupel hatte er auch keine, wenn ich da an die gefälschten Unterschriften seiner Eltern dachte.

Niemand schien sich über unsere Abwesenheit in der Mensa zu wundern. An der Tür zwinkerte uns der Aufsichtsführende komplizenhaft zu, als wollte er sagen: Ich weiß, was los ist, aber ich behalte es für mich. Oscar schien das ganz in Ordnung zu finden, ich hätte am liebsten laut geschrien. Da ich aber keinen wirklichen Grund dazu hatte, warf ich ihm nur einen wütenden Blick zu. Die Antwort darauf konnte ich in seinen Augen lesen: »Für wen hält die sich eigentlich? Meint die etwa, sie könnte sich alles erlauben?«

So würde es in Zukunft sein. Jedes Mal, wenn ich Lust hätte, gemein oder auch nur gleichgültig zu sein, bekäme ich sofort die Quittung. Die Leute würden glauben, ich wäre eine arrogante blöde Kuh, der ihr Ruhm zu Kopf gestiegen war. Und sie würden es mir auch sagen. Oder es mich zumindest spüren lassen. Die einzige Person, mit der ich noch normal umgehen könnte, wäre Oscar. Und meine Mutter natürlich. Die Arme. Was sie wohl davon hielt? Gedankenverloren schlichen wir nebeneinanderher. Plötzlich rief Oscar: »Schau mal da!« Ich hob den Kopf. Über uns auf einer Plakatwand prangte unser Foto, auf einer Fläche von drei mal vier Metern ...

Kapitel 26

Ich weiß nicht, was ich gehofft hatte. Vielleicht, dass man mich auf dem Foto nicht erkennen würde. Dass man mich mit all der Schminke im Gesicht für eine andere halten würde. Dass es nicht so aussehen würde, als ob ich mit Oscar zusammen wäre. Aber vergebens. Das war ich. Und Oscar schmachtete mich an. Sich selbst auf einem überlebensgroßen Plakat mitten in der Stadt zu sehen war schrecklich genug. Aber es gab Schlimmeres, nämlich den Satz, der in riesigen roten Lettern unter dem Foto stand: »Liebe ist ein Geschenk, Verhütung ist Verantwortung.« Nicht nur, dass uns jeder sehen konnte, alle würden sich nun vorstellen, wie wir im Bett lagen und dabei in Lümmeltüten pusteten.

»Das war's also mit meinem Leben«, sagte ich.

Oscar tat so, als hätte er nichts gehört. Seine neue Coachingtechnik für traumatisierte Lebenspartner, nehme ich an.

»Ehrlich gesagt siehst du gar nicht so schlecht aus. Ich dagegen mache einen ziemlich blöden Eindruck, finde ich. Aber du bist richtig niedlich.«

»Ach so ist das. Ich sehe auf einem Foto also besser aus als im wahren Leben?«

»Nun, wenn du es wirklich wissen willst, dieses werbewirksame, leicht überhebliche Lächeln ...«

Ich suchte verzweifelt nach Schimpfwörtern, um ihm das Maul zu stopfen, als ich ein Kitzeln an meinem Ellbogen spürte. Ich blickte nach unten. Zwei vorwitzige kleine Wesen strichen mir über den Arm und hofften, damit meine Aufmerksamkeit zu erregen. Ihre Augen ruhten zuerst auf der Plakatwand, dann drehten sie sich zu mir, ein seliges Lächeln auf den Lippen. Das eine Wesen kramte hektisch in seinem Ranzen und zog ein zerknülltes Löschblatt und einen Kuli hervor.

»Madame«, quakten die beiden Kleinen und hielten mir Löschblatt und Kuli hin, »können wir ein Autogramm haben?«

Wenn ich sie jetzt zum Teufel jagen würde, wäre der Glauben an das Gute im Menschen im Herzen dieser beiden kleinen Mädchen erschüttert. Würde ich aber auf diesem Löschblatt unterschreiben, machte ich mich lächerlich. Oscar wartete auf meine Entscheidung, ein spöttisches Lächeln auf den Lippen.

»Wisst ihr, was wir machen? Wir bitten ihn auch um ein Autogramm, so habt ihr gleich zwei Unterschriften!«, lachte ich die beiden komplizenhaft an.

»Oh, ja!« Die Mädels jubelten.

Und gut erzogen wie wir nun mal waren, gaben wir die ersten Autogramme unseres Lebens, neugierig beobachtet von den vorbeieilenden Passanten.

»Das zahle ich dir heim«, drohte Oscar, als wir unsere Fans an der Plakatwand zurückgelassen hatten.

Und in der Tat, ich musste ihm einen Hamburger spendieren, denn er hatte keinen Cent bei sich. Was den Hamburger anging, war die Welt wie immer: eine frittierte Doppelfußmatte mit Kartongeschmack, dazu eine pappsüße Mayopampe. Mir war der Appetit vergangen. Ich überließ Oscar meine Portion und schlug ihm vor, doch auch die Verpackung mitzuessen, wenn es ihm so gut schmeckte. Wir hätten uns jetzt zoffen können (der erste Streit als Paar), aber wir mussten in die Schule zurück.

»Oscar, ich will nicht. Das macht mir Angst.«

»Warum?«, fragte er und wischte sich etwas Mayo von der Oberlippe. »Du hast nichts Schlimmes getan.«

»Ich habe mich lächerlich gemacht.«

»Ja und? Du bist berühmt. Berühmten Leuten verzeiht man, wenn sie sich lächerlich machen. Siehst du nicht fern?«

»Das ist gar nicht witzig.«

»Witzig nicht, aber wahr.«

»Spar dir die Klugscheißerei. Das hilft uns nicht weiter und macht mir nur noch mehr Angst. Ich sagte nur, dass ich da nicht hinwill.«

Er seufzte.

»Na gut. Aber nur heute Nachmittag. Ich werde dir nicht dein ganzes Leben lang Entschuldigungen schreiben.«

Als wir an der Kasse vorbeikamen, drehten sich einige Typen zu uns um. Oscar lächelte sie scheißfreundlich an. Ich schlich mich zur Tür und floh nach draußen. Wer weiß, nicht dass sie uns auch noch nach Autogrammen fragten.

Als wir vor unserem Haus standen, war die Angst zurück. Mein Atem schien auf dem Weg vom Magen nach oben stecken zu bleiben. Ich fühlte mich wie zerrissen.

»Was denn noch?«, fragte Oscar.

»Meine Mutter ...«

»Deine Mutter weiß bestimmt Bescheid. Sie ist doch mit Brian unterwegs und blind ist sie auch nicht ...«

Kapitel 27

Geliebte anonyme Wohnung! Wenigstens sie hatte sich nicht verändert. Ich war so glücklich, am liebsten hätte ich den Boden geküsst. Endlich in Sicherheit, endlich nicht mehr diesem Monsterplakat mit meinem Konterfei ausgeliefert! In der Küche stand ich lange vor den Fotos, die meine Mutter kreuz und quer an den Kühlschrank geklebt hatte. Amelie an ihrem Geburtstag, Amelie am Strand, Amelie beim Schlittschuhlaufen ...

Überall Amelie und kein einziger Satz über Verhütungsmittel. Da war das richtige Leben. An unserem Kühlschrank. Probleme hatte ich mit dem anderen, dem falschen, dem Leben draußen. Der Anrufbeantworter blinkte wie verrückt. Aber jetzt Nachrichten abhören? Auf keinen Fall. Die Stimmen aus dem Feindesland würden in mein Refugium eindringen und meine heile Welt zerstören. Ich wollte nichts und niemanden mehr hören. Laurène nicht und Sopha auch nicht. Zur Vorsicht stöpselte ich das Telefon gleich ganz aus. »Erbarmen«, dachte ich und streckte mich auf meinem Bett aus. Ich war sofort weg und sank in einen tiefen, bleischweren Schlaf, genau wie ich ihn brauchte. Ich ließ mich einfach fallen.

»Amelie! Amelie!«

Meine Mutter tippte mir sanft auf die Schulter. In ihrer Stimme lag Angst.

»Amelie?«

Ich reagierte nicht und ließ die Augen einfach zu. Sollte sie doch denken, ich hätte ihren Tablettenschrank ausgeräumt und alles geschluckt. Ich wollte, dass sie durchdrehte. Immerhin war ich auch völlig durch den Wind. Warum sollte es ihr besser gehen?

»Amelie!«

Ich riss die Augen auf und schrie: »Mama!«

Sie schreckte zurück.

»Das ist nicht witzig!«

»Für mich schon.«

Ich setzte mich auf und rieb mir die Augen, sie sah mir fassungslos zu. Sie hatte etwas anderes erwartet. Tränen oder bittere Vorwürfe gegen sie oder ihren neuen Freund. Aber ich hatte keine Lust dazu und auch nicht die Energie, den Kampf aufzunehmen. Je weniger wir darüber sprachen, desto besser konnte ich damit umgehen. Wenn ich Glück hatte, würde sie das Thema an diesem Abend nicht anschneiden. Ich hatte kein Glück.

Ich wartete, dass sie mein Zimmer verlassen würde, doch sie blieb und verlagerte ihr Gewicht von einem Fuß auf den anderen.

»Nun?«

»Was nun?«

»Du weißt schon ...«

»Was weiß ich?«

»Sag nicht, du hättest nichts bemerkt?«

»Ich sag doch gar nichts.«

»Bist du beleidigt?«

»Nein.«

»Nun?«

»Nichts.«

Sie zuckte mit den Schultern.

»Falls du dein Zimmer verlassen möchtest, solltest du wissen, dass ich nicht alleine bin. Brian ist da, und Sopha, mit einigen Freunden. Wir warten alle auf dich.«

»Da könnt ihr lange warten.«

»Oscar ist auch da.«

»Was?«

»Ich habe ihn auf der Straße getroffen und eingeladen.«

»Und er hat Ja gesagt?«

»Du musst mir schon glauben.«

»Sag ihm, er soll in mein Zimmer kommen!«

»Sag es ihm doch selbst. Ich bin doch nicht dein Lakai.«

Beleidigt warf sie die Tür hinter sich ins Schloss. Als ob sie das Opfer wäre. So ist meine Mutter eben. Sie versteht es meisterhaft, jede Situation zu ihrem Vorteil auszulegen. Ich schickte eine SMS an Oscar. »Komm sofort rein, bitte.« Keine zwei Sekunden später kam die Antwort. Und aus dem, was er schrieb, konnte ich erkennen, dass die Situation noch schlimmer war, als ich sie mir vorgestellt hatte. Menschenmassen belagerten unser Wohnzimmer, auf dem Tisch standen eine Kiste Champagner und Knabberzeug. Brians Kollegen waren da, Leute aus der Werbeagentur, wahrscheinlich auch Beamte aus dem Ministerium und Freunde von Sopha. Selbst Oscars Eltern waren eingeladen. Aber sie mussten arbeiten, schließlich konnte nicht jeder am frühen Abend schon feiern. Meine Mutter hatte die guten Gläser und die Servietten ausgepackt und man wartete nur noch auf mich, um die Korken knallen zu lassen.

»Sag mal, Oscar, hab ich den Verstand verloren oder die anderen?«

»Weder noch. Sie können es einfach nicht glauben, dass du nicht glücklich bist. Sein Gesicht von Tausenden Plakatwänden herablächeln zu sehen: Was kann es Schöneres geben? Sie erwarten, dass du begeistert bist. Und dankbar natürlich.«

»Aber allein dieser Spruch: ›Die Liebe ist ein Geschenk‹ … Sie fänden es bestimmt auch nicht gerade toll, als Jeanne d'Arc der Präservative verschrien zu werden …«

Kapitel 28

Oscar setzte sich im Schneidersitz neben mich aufs Bett.

»Sie verstehen nicht, wo das Problem liegt. Im Gegenteil. Für Leute, die tagein, tagaus Werbung für Joghurt und Autos machen, ist die Verhütungskampagne ein echter Hit. Ein Typ hat sich geradezu auf mich gestürzt und mich beglückwünscht, Teil einer so ehrenvollen Aktion zu sein. Als ob ich ein Aktivist wäre, ein Widerstandskämpfer oder irgendein Superheld. Übrigens, dieser Typ ist Journalist, ich warne dich am besten gleich vor. Er will einen Artikel über uns schreiben. Und er ist zwar der Erste, dieser Aasgeier, aber er wird bestimmt nicht der Einzige bleiben.«

»Sei bloß still!«

»Wäre ich gerne. Aber wenn ich es nicht erzähle, werden es die anderen tun.«

»Ich werde keinem Journalisten auch nur die kleinste Frage beantworten, für keinen Artikel der Welt.«

Oscar legte mir die Hand aufs Knie.

»Schlechte Strategie. Wenn du schweigst, dann wird das Plakat zum Selbstläufer, und du wirst die Marilyn Monroe der Verhütung. Wenn du die Fragen beantwortest, wirst du Thema eines Artikels: Ein sympathisches und intelligentes Mädchen, das sich für eine gute Sache engagiert und sich solidarisch zeigt.«

»Aber ich bin nicht sympathisch, ich bin auch nicht intelligent und erst recht nicht solidarisch.«

»Ich weiß. Aber du bist auch nicht mit mir zusammen. Die Wahrheit zählt nicht, nur das Image, das Bild in der Öffentlichkeit.«

»Das ist ja schrecklich.«

»Darf ich dich daran erinnern, dass du es warst, die damit angefangen hat? Diese Geschichte mit der Schminke, das Paar zu spielen ...«

»Und darf ich dich daran erinnern, dass du genau die gleiche Idee hattest?«

»Stimmt, aber ich mache da jetzt kein Drama draus.«

»Kurz und gut: Ich muss mich in der Presse zum Deppen machen, damit ich auf den Plakaten nicht allzu dämlich rüberkomme?«

»So ungefähr. Wie die Fernsehmoderatoren, die Bücher schreiben, und die Models, die Schauspielerinnen werden oder singen … Man muss glauben können, dass sich hinter der Fassade noch jemand anders verbirgt.«

»Und wann hört dieser Zirkus wieder auf?«

»Das werden wir sehen, wenn wir das Buch geschrieben und die CD gemacht haben.«

Er lächelte mir zu, seine Augen funkelten. Je kleinlauter ich wurde, desto mehr blühte er auf. Im Grunde war er immer noch der kleine Junge aus der Grundschule, der im Hof Städte aus Kieselsteinen baute. Die Welt um ihn herum war ihm gleichgültig, damals wie heute. Er spielte gerne und war bereit, in jede Rolle zu schlüpfen.

»Komm«, lockte er, »zieh nicht so ein Gesicht, wir machen einfach weiter.«

Ich wollte gerade antworten, als sich die Zimmertür öffnete.

»Störe ich?«, fragte Brian.

»Nein«, antwortete ich.

Und dieses »Nein« für Brian war mein »Ja« für Oscar. Brian hatte drei Champagnerschalen in der Hand und setzte sich auf die Kante meines Bettes, direkt neben Oscar.

»Auf meine Models!« Er hob sein Glas. »Und auf die Liebe!« Dabei zwinkerte er uns verschwörerisch zu. Ich sah zu Oscar. Mit seinem strahlenden Lächeln sah er weiß Gott nicht schlecht aus. Doch selbst wenn wir die leidenschaftlichsten Liebenden der ganzen Welt gewesen wären, hätten wir uns nicht näher sein können als in diesem Moment.

Ich hatte kaum an meinem Champagner genippt, als Sopha an die Tür klopfte.

»Was soll das? Feiert ihr hier euer eigenes Fest? Habt ihr Geheimnisse?«

Ohne zu zögern schob sie Brian zur Seite und nahm ebenfalls auf der Bettkante Platz. Sie sah mich mit Besitzerstolz an und sagte: »Das alles hast du auch ein bisschen mir zu verdanken, wenn man recht überlegt, nicht wahr?«

Ich war gerade dabei, ihr zu danken, als meine Mutter hereinkam, offensichtlich immer noch etwas verwirrt. Sie sah erst Brian, dann Sopha, dann Oscar und schließlich mich an, danach atmete sie tief durch, sie schien beruhigt.

»Ich setze mich jetzt fünf Minuten zu den Stars, dann gehen wir alle wieder zu den anderen. Sie fühlen sich sonst verlassen, so ganz alleine im Wohnzimmer ...«

Sopha rutschte ein wenig zur Seite, damit meine Mutter neben Brian sitzen konnte. Sie hatte eben doch Stil. Am Anfang war der Fotograf immerhin ihrer gewesen. Ihre Schwester hatte ihn sich unter den Nagel gerissen und sie schien ihr das überhaupt nicht übel zu nehmen. Ich war gerade dabei, ihre Opferbereitschaft zu bewundern, als ein Typ mit einem Pferdeschwanz den Raum betrat und zu ihr sagte: »Schätzchen, bring doch bitte deine Freunde mit rüber, damit wir endlich anstoßen können.«

Kapitel 29

Die Gesellschaft von Medienprofis hat einige Vorteile. Sie fragten nicht nach, sie fanden uns einfach toll. Wir sahen gut aus, wir verkauften uns gut und wir hatten den richtigen Fotografen. Und wir hatten gute Arbeit geleistet. Selbst wenn die Klassenkameraden uns lächerlich fanden, was soll's? Das waren dann eben die kleinen Risiken und Nebenwirkungen, die der Beruf so mit sich brachte. Jedenfalls war dies das wahre Leben und der Rest interessierte nicht. Nach einem halben Glas Champagner fiel es gar nicht schwer, das auch zu glauben. Wir taten gut daran, mit dem beschwingenden Prickelgetränk aufzuhören, bevor es zu spät war und wir von der allgemeinen Euphorie mitgerissen wurden.

Es lag auf der Hand, dass Brians Freunde (oder seine Chefs, schwer zu sagen) begeistert davon waren, dass wir ein Interview geben wollten. Nichts ist besser als ein Artikel, mit dem man Werbung für die Werbung machen kann. Der Journalist schien es für ein Privileg zu halten, dass er der Erste war, der uns Fragen stellte. Unser Ziel war allerdings, zu retten, was noch zu retten war. Wenn es nicht bereits zu spät und unser Ruf schon ruiniert war. Kurz gesagt: Chaos im Freudentaumel.

Nichts ist einfacher, als ein Interview zu geben. Im Prinzip liegen die Antworten bereits in den Fragen. Man muss nur zuhören. Ein Beispiel:

»Nun, seid ihr glücklich darüber, ein Teil dieser nationalen Werbekampagne zu sein?«

Antwort: Oh ja, sehr glücklich.

»Das Foto wirkt ganz und gar nicht gestellt. Ich nehme an, es hat sich in einer Alltagssituation ergeben?«

Antwort: Oh ja, da haben Sie recht.

»Ich nehme an, ihr unterstützt das Ziel des Ministeriums, die Zahl der ungewollten Schwangerschaften bei Minderjährigen zu reduzieren?«

Antwort: Voll und ganz.

Und so weiter und so fort. Dann kurz etwas zur Person: Vorname, Alter, Schulklasse, Lieblingsfächer. Und natürlich die unvermeidbare Frage nach unserer Beziehung (»Also, wie sieht's aus? Ihr seid zusammen?«). Doch es genügte, ein vielsagendes Lächeln aufzusetzen und zu schweigen ... Geschafft.

»*Merci*«, sagte der Journalist und packte seinen MP3-Rekorder ein. »Das war ein nettes Gespräch.«

Erleichtert lehnte ich mich zurück, bis Oscar mein Wohlbefinden ruinierte.

»Ich frage mich, was er uns in den Mund legen wird«, murmelte er. »Ein Artikel ist noch schlimmer als ein Foto. Nach den Püppchen in Pose, jetzt die Püppchen im Gespräch ...«

»Aber du meintest doch, es wäre besser so!«

Er zuckte mit den Schultern, so als würde er die Last der Verantwortung für all das nicht mehr tragen können. Immer diese Übertreibung, jetzt ging das schon wieder los ... Das Klingeln erlöste mich, ich nutzte die Gelegenheit und eilte in den Flur. Aber nicht schnell genug, meine Mutter kam mir zuvor und riss die Tür auf, um die neuen Gäste zu begrüßen: Oscars Eltern!

»Herzlich willkommen!«, rief sie triumphierend.

Eine Vorstellung war überflüssig. Erstens sah man auf den ersten Blick, dass sie Asiaten waren, zweitens waren sie die Einzigen hier, die völlig verängstigt wirkten. Zu viele Menschen, zu viel Lärm, zu viel Trubel. Wahrscheinlich bereuten sie bereits, dass sie geklingelt hatten. Aber zu spät. Meine Mutter stürzte sich auf die Unglücklichen, zupfte wie eine Besessene an ihnen herum und schob sie in die Wohnung. Dann schloss sie die Tür hinter ihrer Beute und endlich bequemte sich auch Oscar auf die Bildfläche.

»Meine Eltern«, flüsterte er bestürzt.

»Du hast sie selbst eingeladen«, erinnerte ich ihn.

»Ich konnte doch nicht ahnen, dass sie wirklich kommen …«

Er war der Einzige, den das nicht freute. Alle anderen schienen wie elektrisiert. Von überall her wurden den neuen Gästen Gläser gereicht, doch die lehnten sie mit einem verlegenen Lächeln ab. Man beglückwünschte sie überschwänglich zu dem Erfolg ihres Sohnes. Wenngleich sie die Lobeshymnen nicht verstanden, die Gefühlslage der Anwesenden spürten sie garantiert. Oscar ließ sie nicht aus den Augen und flüsterte ihnen Übersetzungen ins Ohr. Eins war klar: Sie waren völlig verwirrt und kamen sich verloren vor, Oscar stand kurz vor einem Nervenzusammenbruch.

»Tu mir einen Gefallen. Erklär deiner Mutter doch bitte mit freundlichen Worten, dass sie nicht so schreien soll. Meine Eltern sind nicht taub, sie sind Chinesen …«

Kapitel 30

Ich hätte mich in meinem Zimmer einschließen sollen. Ich hatte es geahnt. Dann hätte mich wenigstens nicht irgendein vertrottelter Schreiberling einer überregionalen Zeitung in Anführungszeichen sprechen lassen können.

»Ich bin sehr stolz, dass der Starfotograf Brian Dumonchel ausgerechnet mich ausgewählt hat«, vertraute uns das Model in aller Bescheidenheit an, »und ich muss zugeben, dass mich das Ergebnis seiner Arbeit überwältigt! Vor allem aber ist es mir ein Herzenswunsch, humanitäre Aktionen zu unterstützen«, schloss die junge Botschafterin der Aufklärungskampagne unter dem bewundernden Lächeln ihres charmanten Partners. Und auch wenn sie beteuert, keine Karriere als Model anzustreben, so lässt sich doch erahnen, dass es nicht bei dieser ersten Erfahrung vor der Kamera bleiben wird. Wir würden es uns wünschen!«

»Reg dich nicht auf, diese Zeitung liest sowieso niemand«, meinte Oscar.

»Außer zwei Millionen Menschen täglich.«

»So viele?«

»Jedenfalls behaupten sie das auf ihrer Website.«

»Zwei Millionen …«, wiederholte Oscar mit einem träumerischen Gesichtsausdruck.

Zwei Millionen Leser konnten mein Gesicht jetzt noch mal in der Zeitung bewundern, falls sie es nicht schon auf Plakatwänden gesehen hatten. Unter dem Foto, auf dem ich mit einem Champagnerglas in der Hand an Oscar klebte, stand: »Die sympathischen Stars der Kampagne des Gesundheitsministeriums.« Im Hintergrund erahnte man Oscars Eltern, die sich an ihre Saftgläser zu klammern schienen, eng aneinandergepresst, als wollten sie sich gegenseitig Halt geben.

»Ich schwöre, nichts von dem, was da steht, habe ich wirklich gesagt! Starfotograf ... echt widerlich!«

»Beruhige dich. Glaubst du etwa, ich hätte gesagt: ›Das ist ein Abenteuer der besonderen Art, sowohl auf der zwischenmenschlichen als auch auf der medialen Ebene‹? ›Auf der Ebene ...‹, wer schreibt so einen Schwachsinn? Ich würde am liebsten sterben!«

»Siehst du!«

»Aber wenn du nur fünf Minuten in Ruhe darüber nachdenkst, dann wirst du merken, dass es rein gar nichts bedeutet.«

»Na klar, bei dir hat nichts eine Bedeutung! Ich habe die Nase voll davon! Wenn du wüsstest, wie sehr ...«

»Das musste ja so kommen.« Oscar blieb gelassen. »Liebesgeschichten dauern eben nicht ewig. Amelie, ich sehe nur eine Lösung: Wir müssen uns trennen.«

»Wenn das so einfach wäre! Erklär mir mal, wie man sich von jemandem trennt, mit dem man nicht mal zusammen ist.«

Oscar behielt recht. Niemand in der Schule hatte den Artikel gelesen. Meine Mitschüler lasen keine Zeitung, das war klar. Sie schauten fern und zum Glück tauchten wir im TV nicht auf. Und wenn die Lehrer zufällig doch die Zeitung durchgeblättert hatten, ließen sie sich nichts anmerken. Außerdem hatte uns mittlerweile jeder auf den Plakaten gesehen. Und wenn ich mich noch so sehr schämte, es würde nichts mehr ändern. Das Beste war einfach so zu tun, als wäre nichts passiert. Zum Glück lebten wir in einer Demokratie, und da waren alle gleich. Auch in der Schule. Die Lehrer duldeten keine Stars in ihrer Klasse. Da gab es keine Ausnahme.

An der Schulfront war es also ruhig, doch zu Hause herrschte Hektik. Schon auf dem Rückweg überkam mich erneut eine angstvolle Unruhe. Meine Mutter hatte sich frei genommen, um sich auf die Aufnahmeprüfung der Logopädenschule vorzubereiten. Das bedeutete, sie war zu Hause. Und sie war nicht allein. Brian hatte sich bei uns eingenistet, er wich ihr nicht von der Seite. Rein theoretisch rührend, wenn es nicht so nervig gewesen wäre. Das

Schlimmste war dieses entrückte Lächeln, das sie seither auf den Lippen trug, ein nicht zu übersehendes Zeichen für das Übermaß an Freude und Genuss, das sie den ganzen Tag (und auch die ganze Nacht, fürchte ich) zu begleiten schien. Sie saß am Esstisch und arbeitete, oder sie tat jedenfalls so, während ihr Angebeteter ihr gegenübersaß und Fotos sortierte. Zwei strebsame Erwachsene, denen das Glück aus allen Poren strömte ... Und ich hatte große Lust, sie umzubringen. Aber meine finsteren Gefühle waren ihnen vollkommen egal. Sie waren wie berauscht von ihrem neuen Glück. Mich gab es nicht mehr, oder jedenfalls fast.

Kapitel 31

Während ich für die Augen meiner Mutter nahezu unsichtbar geworden war, war ich für Sopha umso präsenter. Sie hatte mich entdeckt, mich zu dem gemacht, was ich jetzt war, daran zweifelte sie nicht den Bruchteil einer Sekunde. Aber mit diesem überwältigenden Erfolg hatte selbst sie nicht gerechnet. Obwohl sie sich für einen begnadeten Coach hielt, hatte sie im Grunde nicht wirklich an mein Potenzial geglaubt. Und jetzt übertraf ihre Schöpfung sogar die Meisterin. Irgendwie war sie Doktor Frankenstein und ich das Monster. Deshalb konnte sie nicht anders: Sie musste mich respektieren.

»Amelie«, tönte ihre Stimme vom Anrufbeantworter, »ruf mich an! Ich habe äußerst wichtige Neuigkeiten für dich!«

Ich hätte es vorgezogen, wenn sie ein bisschen mehr wie meine Mutter gewesen wäre und die Tage in stiller Anbetung irgendeines Verehrers verbracht hätte. Aber von wegen. Für mich stand Sopha immer zur Verfügung. Und da ich es tunlichst vermied, sie zurückzurufen, in der Hoffnung ihren Informationen entfliehen zu können, stand sie plötzlich leibhaftig vor mir, um mir meine Undankbarkeit vorzuwerfen. Ihr aktueller Beitrag zu meinem neuen Leben bestand in einem Ordner voller Klarsichthüllen, die vor Zeitungsartikeln über die Kampagne überquollen. Auf den Deckel hatte sie mit Goldstift geschrieben: »Die Liebe ist ein Geschenk.«

»Das habe ich für dich gemacht, später wirst du mir dankbar sein«, sagte sie und fuchtelte mit ihrem Zeigefinger vor meiner Nase herum.

Ich wollte ihr gerade sagen, wie nett ich es fand, dass sie Souvenirs für mich aufbewahrte, die ich gar nicht haben wollte, als sie noch einen draufsetzte: »Das ist die Basis deines Modelbooks.« Dabei blickte sie mir tief in die Augen.

Ich sagte nichts. Sie war so sehr in ihrem Wahn gefangen, dass man ihr besser nicht widersprach. Man weiß ja, wozu Menschen mit Sendungsbewusstsein fähig sind. Ich blätterte den Ordner durch. Es begann mit der Sülze des Schmierenjournalisten, danach folgten Ausschnitte kleiner und kleinster Artikel aus Gratiszeitungen, Werbemagazinen, Foto- und Gesundheitsmagazinen. Nichts Wichtiges, aber lückenlos.

»Welch ein Triumph! Erkennst du das überhaupt?« Sopha ließ nicht locker, während ich lustlos die Klarsichthüllen betrachtete. »Nicht schlecht fürs erste Mal, was?«

»Sopha!«, sagte meine Mutter. »Könnt ihr bitte in die Küche gehen? Ich kann nicht arbeiten, wenn ihr so schreit!«

Während ich ihr Fanalbum zu Ende durchsah, schaute sie mich bewundernd an, aber auch stolz. Schrecklich. Träumte ich? Oder war das Wirklichkeit? Als ob ich (ohne etwas dafür zu tun) etwas geschafft hätte, dass sie (trotz ihrer Bemühungen) niemals hinbekommen hatte. Unter all den Peinlichkeiten, die das Leben so mit sich bringt, war das die schlimmste. Ich konnte mich noch nicht mal über sie lustig machen, ich war gezwungen, das Spiel mitzuspielen und Interesse an ihrer Mappe zu heucheln.

Hilfe! Wie kam ich hier wieder raus???

»Ich habe mit Freunden darüber gesprochen«, sagte sie selbstgefällig, als ich ihr den Ordner zurückgab.

Ihr Ton war vertraulich, als ob ich in ihrem Alter wäre und sie meine beste Freundin. Plötzlich überfiel mich eine tiefe Traurigkeit.

»Sehr freundlich. Über was genau habt ihr gesprochen?«

»Über dich natürlich. Du könntest bei Castings mitmachen. Du wirst doch jetzt nicht aufhören wollen ...« Etwas Flehentliches lag in ihrer Stimme.

Ich hätte heulen können. Warum kümmerte sie sich nicht um ihre eigenen Angelegenheiten und hielt sich aus meinem Leben raus? Um nicht noch tiefer in Melancholie zu versinken, trat ich die Flucht nach vorne an, mit gesenktem Kopf allerdings.

»Sopha, ich mag diese Kampagne nicht, ich mag das Foto nicht, ich mag es nicht, dass man mich überall in der Stadt angaffen kann, ich mag die Zeitungsartikel nicht. Das alles ist eine einzige Katastrophe, und selbst ...«

Und dann erklärte ich ihr die Sache mit dem Tornado.

»Die Schminke, das war das Flügelschlagen des Schmetterlings und Brians Kampagne war der Sturm.«

Sie hörte mir zu, ohne mich ein einziges Mal zu unterbrechen. Dann machten sich Enttäuschung und ein stillschweigender Vorwurf auf ihrem Gesicht breit. Als ich geendet hatte, sagte sie: »Du glaubst also, dass man sein Schicksal selbst bestimmen kann? Du bist vielleicht naiv, mein armes kleines Mädchen, weißt du nicht, was nach dem Tornado kommt? Damit ist es noch lange nicht vorbei ...«

Kapitel 32

Es braucht seine Zeit, bis aus einem Schmetterlingsflügelschlag ein Tornado geworden ist. Inzwischen standen die Sommerferien vor der Tür. Als ich Oscar fragte, was er in der schulfreien Zeit vorhatte, sagte er, dass er in der Lederwarenfabrik arbeiten wollte, wie sein Vater.

»Sie brauchen immer Leute, um die Lager für September wieder aufzustocken.«

»Zwei Monate lang?«

»Das hängt von der Auftragslage ab. Wenn es Arbeit für zwei Monate gibt, dann arbeite ich auch zwei Monate.«

Ich hätte ihn bedauern können. Aber ich beneidete ihn. Wie jedes Jahr hatte meine Mutter ein Ferienhaus in der Nähe von Dole gebucht (im Jura, falls jemand weiß, wo das ist). Und wie jedes Jahr sollte ich einen ganzen Monat lang in frischer Luft und himmlischer Ruhe verbringen und meinen Seelenfrieden wiederfinden. Brian würde wahrscheinlich mit von der Partie sein. Oh Gott. Wie gerne hätte ich dieses Mal Ruhe und Harmonie gegen harte Arbeit getauscht. Egal wie hart, egal wie anstrengend. Dann hätte ich wenigstens das Gefühl gehabt, Mut zu beweisen und etwas fürs Leben zu lernen, anstatt mich vier Wochen lang darin zu erschöpfen, schlechte Laune zu haben. Ehrlich gesagt, hatte ich die Nase voll von Schwimmbad, Waldspaziergängen und Ausflügen zu den Sehenswürdigkeiten der Region.

»Oscar, meinst du, sie würden mich auch einstellen?«

»Nein. Erstens ist das keine richtige Anstellung. Und zweitens arbeitet dort kein einziger Franzose.«

»Ist das jetzt Rassendiskriminierung, oder was?«

»Unter diesem Blickwinkel habe ich das noch gar nicht betrachtet ...«

»Willst du nicht lieber mit mir zusammen unser Geld auf den Kopf hauen und irgendwo in die Sonne fahren?«

»Wir beide zusammen? Bist du verrückt?«

»Jetzt werd nicht beleidigend. Nur wir beide im Kluburlaub!«

»Nein, ich bleibe lieber bei meinen Eltern.«

»Muttersöhnchen«, spottete ich. Nicht gerade originell.

»Genau. Muttersöhnchen.«

Die Noten standen fest, in der Schule war nichts mehr los. Klar, dass auch wir und die Kampagne abgehakt waren. Empfängnisverhütung war nicht mehr aktuell. Die Plakate verschwanden nach und nach und wurden durch Werbung für Sonnencreme und Mittel gegen Hitzschlag ersetzt. Wir nahmen uns wie gewohnt bei der Hand, aber auch das war abgehakt, niemand nahm noch Notiz davon. In gewisser Weise waren wir unsichtbar geworden, auch für uns war all das inzwischen Normalität. Ein gutes Gefühl, anonym und normal zu sein. Das Leben kam mir schon fast einfach vor, doch dann kam das Nachspiel.

»Und, Oscar, wie geht es bei dir weiter?«

Es war wieder eine dieser Stunden endloser Debatten, mit denen wir die Zeit bis zum offiziellen Ferienbeginn totschlugen. Unsere Geschichtslehrerin fragte pflichtgemäß nach unseren Zukunftsplänen und Wunschberufen, irgendetwas musste sie ja fragen.

»Ich werde Jura studieren. Und dann möchte ich Anwalt werden und mich gleichzeitig in der Politik engagieren. Später werde ich versuchen, die anwaltliche und die politische Tätigkeit zu koordinieren.«

»Nun, du hast ja ein klares Ziel vor Augen!«

Sie war sprachlos. Augenscheinlich hatte sie seit Generationen nichts mehr mit politisch denkenden Schülern zu tun gehabt.

»Und du, Laurène?«, fragte sie Laurène, die unter ihrem Tisch SMS verschickte.

»Irgendwas in der Kommunikationsbranche«, antwortete sie

beiläufig, hob nicht mal den Kopf dabei. In diesem Moment begann Oscars Handy in seinem Rucksack zu vibrieren.

»Mist«, schimpfte er leise, »bestimmt meine Mutter. Sie weiß doch, dass ich Unterricht habe.«

Kurze Zeit später unterbrach die Schulglocke Juliens reichlich konfuse Erklärung, dass er beim Film arbeiten wollte, auch wenn er nicht wusste, wo genau. Oscar ging auf den Flur, um seine Nachrichten abzuhören. Dann kam er zurück, packte sein Handy ein und starrte mich an, ohne mich wirklich wahrzunehmen.

»Komm mit«, sagte er mit tonloser Stimme, »wir gehen.«

Kapitel 33

»Was ist los? Was ist denn los?«

Ich rannte hinter Oscar die Treppen hinunter. Ich musste ihn gar nicht ansehen, um zu wissen, dass er die Zähne zusammengebissen hatte. Wenn er emotional angespannt war, dann biss er immer die Zähne zusammen. Als wir beim Pförtner angekommen waren, hatte er noch immer nichts gesagt.

»Lassen Sie uns raus«, bat Oscar ihn, »es ist wichtig.«

»Unmöglich.«

»Nur dieses eine Mal. Wir sagen einfach, Sie hätten uns nicht gesehen.«

»Ich habe Nein gesagt, ich brauche deinen Ausweis.«

»Wir haben Sie abgelenkt und sind dann geflohen.«

»Ihr braucht es gar nicht weiter zu versuchen, Nein heißt Nein.«

»Gut.« Oscar schien zu resignieren und nahm meine Hand. »Pech gehabt …«

Ohne Vorwarnung warf er sich gegen den Pförtner, der ins Straucheln kam. Wir nutzen die Verwirrung und rannten los. Von Weitem hörten wir ihn schreien: »Das gibt eine Verwarnung, für alle beide! Habt ihr verstanden?«

Als wir bei Oscars Wohnblock ankamen, hatte ich furchtbares Seitenstechen. Dieses Mal zierte er sich nicht, er drückte auf den Knopf, um den Aufzug zu holen. Wir stiegen ein und fuhren hoch.

»Sag mir endlich, was los ist, sonst prügele ich es aus dir heraus!«

»Mein Vater sitzt bei der Polizei.«

»Hatte er einen Unfall?«

»So könnte man es auch nennen. Eine Ausweiskontrolle in der Fabrik.«

»Ja und?«

Oscar sah mich verstört an.

»Du bist vielleicht naiv! Hast du denn von nichts eine Ahnung? Er hat keine Papiere! Mein Vater lebt illegal hier, seit fünfzehn Jahren. Und wenn wir uns nicht beeilen, dann wird ihm der Richter ein Ticket nach Sezuan verpassen, und zwar nur den Hinflug. Und dann sitzt er im Flugzeug, bevor ...«

»Hör auf, mich anzubrüllen! Ist schließlich nicht meine Schuld, dass er keine Papiere hat.«

»Aber du flippst völlig aus, nur weil ich dich gebeten habe, mir ein bisschen zu helfen.«

»Und was mache ich wohl gerade hier, hä?«

Unser Streit war so laut, dass wir nicht einmal klingeln mussten. Oscars Mutter tauchte auf der Türschwelle auf und sah uns bestürzt an. Oscar drehte sich wieder zu mir.

»Wir brauchen Hilfe, wir müssen Freunde und Bekannte anrufen, Zeugen finden, ein Entlastungsdossier zusammenstellen. Ich rufe einen Anwalt an und kümmere mich um meine Mutter. Du rufst deine Mutter an.«

»Zu Befehl, Chef.«

Für einen Typen, der später mal in die Politik gehen wollte, hatte er zwar die nötige Autorität, aber wenig gesunden Menschenverstand. Denn mit meiner Mutter konnte ich besser persönlich sprechen. Ich fuhr also mit dem Aufzug wieder runter und sauste nach Hause. Da saßen sie brav am Tisch, wie zwei Täubchen, meine Mutter und ihr Schatten.

»Amelie? Was machst du denn hier?«

»Oscars Vater wurde verhaftet, geklaut hat er nichts, mach dir keine Sorgen, aber er hat keine Papiere und wir müssen was machen, was, weiß ich auch nicht, keine Ahnung, aber du musst uns helfen und zwar schnell ...«

»Ich rufe Oscar an«, sagte meine Mutter, »und du beruhigst dich erst einmal, in dem Tempo versteht man rein gar nichts.«

»Da ich selbst kaum was verstanden habe, wundert mich das nicht.«

Sehr schnell stellte sich heraus, dass das mit dem Anruf nicht klappen würde, bei Oscar war ständig besetzt. Sie tat das Naheliegendste und machte sich persönlich auf den Weg.

»Fünfte Etage?«

»Ja, rechte Tür.«

Ich blieb bei Brian, der sich zerstreut die Fingernägel säuberte. Die bleierne Stille war erdrückend. Ich dachte an Monsieur Lin, wie er mit dem Saftglas in der Hand versuchte, den verbalen Attacken meiner Mutter zu entgehen, während sich seine Frau tapfer lächelnd an ihn schmiegte. Und an Oscar, wie er sagte: »Genau. Muttersöhnchen.« Dann sah ich eine Lederwarenfabrik, eine himmelblaue Mini-Waschmaschine aus Plastik, Polizisten, einen Richter in Robe, eine Nähmaschine, ein Grammatikbuch, ein Räucherstäbchen und Oscars Vater in einem Flugzeug. Ich wusste nicht, wie man diese Puzzleteile zu einem Bild zusammenfügen konnte. Ich verstand die Welt nicht mehr und fühlte mich plötzlich einsam und verloren.

»Oh verdammt«, seufzte ich. »Wie soll das nur weitergehen?«

Brians Stimme schien von ganz weit her zu kommen: »Mach dir keine Sorgen, Prinzessin. Wir werden tun, was wir können ...«

Kapitel 34

Brian hatte sein Adressbuch aufgeschlagen und kaute an einem Stift.

»Nimm dir ein Blatt und versuche dich an alle Leute zu erinnern, die Oscar oder seine Eltern kennen. Und ich überlege, wer mir noch einfällt.«

Wenn's weiter nichts ist. Ich notierte alle betreffenden Lehrer und Schüler unserer Schule und er listete alle Spaßvögel auf, die sich bei der Verhütungskampagnenfeier die Kante gegeben hatten.

»Ich rufe meine Freunde an, damit sie Referenzen für Oscars Vater schreiben. Du gehst in die Schule zurück und versuchst das Gleiche bei deinen Lehrern und Mitschülern. Vergiss nicht, dir von jedem eine Fotokopie seines Personalausweises geben zu lassen. Und schreib auch die Telefonnummern auf, für den Notfall.«

»Notfall?«

»Man weiß nie. Die Sache könnte aus dem Ruder laufen, dann müssten wir eine gemeinsame Strategie entwickeln.«

»Du kennst dich ja richtig aus …«

»Ich binde dir ja nicht alles auf die Nase. Gut, los jetzt!«

»Und Oscar?«

»Ich halte ihn auf dem Laufenden. Los, geh schon!«

Ich steckte mein Handy in die Gesäßtasche meiner Jeans. Dann rannte ich los. Pausenlos wiederholte ich, was ich als Nächstes tun würde, wie der Regisseur eines Films: erst eine Referenz vom Hausmeister, dann ins Lehrerzimmer, dann in die Klasse und die Truppe mit ins Boot holen. Eine Referenz, eine Kopie des Personalausweises plus eine Telefonnummer. Ich komme morgen früh wieder, um alles abzuholen. Danke. Und wenn jemand Nein sagte?

Pech gehabt. Dann musste ich es eben anderswo versuchen. Los, Amelie, auf geht's!

Mein perfekter Plan kam ins Schleudern, als etwa fünfzig Meter vor der Schule mein Handy zu klingeln begann.

»Amelie, hier ist Adrien Mazzaoui. Der Journalist, der dich interviewt hat, auf dem Fest. Erinnerst du dich?«

»Wie könnte ich das vergessen?«

»Ich habe gerade mit Brian gesprochen. Kannst du mir in wenigen Worten sagen, was bei Oscar abgeht?«

Ich konnte, kein Problem. Die Worte strömten nur so aus mir heraus.

»Nicht so schnell, bitte. Das alles ist ein bisschen wirr. Bist du in der Schule? Ich setz mich ins Auto und komm zu dir.«

Ich rannte weiter. Völlig außer Atem stürzte ich ins Lehrerzimmer. Dort schienen schon alle Bescheid zu wissen. Im Grunde wissen Lehrer meistens viel mehr, als man sich vorstellen kann. Kaum zu glauben, aber wahr. Sie haben übersinnliche Fähigkeiten und versteckte Gefühle.

»Ich kümmere mich darum«, sagte die Aufsicht. »Ich spreche mit den Lehrern. Oscar bekommt die Referenzen morgen. Sobald der Gerichtstermin bekannt ist, soll er mich anrufen.«

»Und die Verwarnung?«

»Darüber reden wir später.«

In der Klasse war die Sache etwas komplizierter. Denn da verstanden wir alle genauso wenig von dem, was los war.

»Warum hat sein Vater keine Papiere? Und wenn er höflich darum bittet? Oscar ist doch ein französischer Name, oder? Was genau muss man in der Referenz schreiben? Wenn das mein Vater wäre ... der in China? Kann ich mir nicht vorstellen! Soll ich schreiben, dass du mit ihm zusammen bist? Und du? Bist du Französin oder brauchst du auch eine Referenz?« Ich hätte Stunden gebraucht, um alle Fragen zu beantworten. Vor allem aber, um Laurène zu trösten, die den Tränen nahe war. Das schien alles zu viel für sie. War sie vielleicht heimlich in Oscar verliebt? Aber lange konnte ich nicht bleiben. Adrien Mazzaoui mit seiner spitzten Feder wartete auf mich ... Dieses Mal hatte ich keine Schwierigkeiten die Schule zu verlassen.

»Schon gut, ihr hättet ruhig mit offenen Karten spielen können, anstatt einfach abzuhauen«, sagte der Pförtner.

Vor der Schule standen Adrien mit seinem verfluchten MP3-Rekorder und eine junge Frau, die gerade eine Fernsehkamera aus ihrer Tasche zog. Sie steckte ein Mikro mit Fellüberzug auf den Sucher und presste die Kamera an die Schulter. Ich warf Adrien einen verzweifelten Blick zu, woraufhin er mir ein verräterisches Lächeln schenkte und fragte:

»Nun?«

Ich dachte kurz an Sopha. Sie hatte es angekündigt. Die Ruhe nach dem Sturm. Die trügerische Stille. Das Nachspiel. Ich würde versinken und die Kontrolle verlieren. Ein Spielball der Emotionen, der vor der Öffentlichkeit bloßgestellt wird, mein Ruf wäre vollends ruiniert. Und ich hatte keine andere Wahl. Ich war die Freundin eines Muttersöhnchens und es war an der Zeit, das zu beweisen.

Kapitel 35

»Bleib draußen!«, rief Brian vom Sofa aus. »Die Regionalnachrichten laufen.«

Ich schlüpfte in mein Zimmer und schloss mich ein. Lieber sterben, als mich im Fernsehen herumstammeln zu sehen. Fünf Minuten später klopfte es an meine Tür.

»Es ist vorbei, du kannst rauskommen.«

»Wie war's?«

»Gute Arbeit. Verstanden hat man zwar nicht viel, aber du warst richtig rührend in deiner Rolle als verzweifelte Freundin. Und darum geht es im Fernsehen, nicht darum etwas zu verstehen. Das Publikum will große Gefühle!«

»Meinst du, es hilft?«

»Willst du mich verarschen? Keine Regierung der Welt hat Lust darauf, ihre Wähler zu verärgern. Es geht also darum, die öffentliche Meinung für sich zu gewinnen. Und das hast du geschafft: Du warst herzzerreißend, sahst richtig niedlich aus und jeder steht jetzt auf deiner Seite. Dein Schatz kann stolz auf dich sein.«

»Das ist nicht mein Schatz.«

»Du bist vielleicht anstrengend. Das musst du jetzt durchziehen. Morgen sind die Zeitungen dran. Und du kennst ja Adrien ...«

Wenn ich eines gelernt habe in den letzten Monaten, dann dies: Ist die Katastrophe da, sollte man nicht gleich an die Schäden denken. Es genügt, sich ihnen zu stellen, wenn sie nicht mehr zu übersehen sind. Deshalb verschob ich Adrien in meine Abteilung »kurzfristiger Gedächtnisschwund«. Und als meine Mutter schließlich von den Lins zurückkam, war alles wieder gut und wir setzten uns friedlich an den Tisch. Sie warf mir kurze amüsierte Blicke zu, die mehr sagten als Worte: Mein Fernsehauftritt hatte ihr gefallen und sie war stolz auf ihre Tochter. Mehr brauchte ich nicht. Als Oscar an der Tür klingelte, war es fast Mitternacht.

»Ich hoffe, ich störe nicht?«

»Ganz und gar nicht«, antwortete meine Mutter mit verstrubbelten Haaren und zupfte ihren Schlafanzug zurecht. »Schläfst du nie?«

»Ich wollte Amelie nur sagen, dass ...«

»Schon gut«, sagte ich. »Ich habe getan, was ich tun musste.«

»In Ordnung. Ich wollte dir außerdem sagen, dass mein Vater aus der Abschiebehaft kommt. Morgen wird er entlassen. Der Anwalt meint, die Chancen stünden gut, dass wir bald Papiere bekommen. Er bereitet ein Dossier mit den Referenzen, meinen Zeugnissen und Sophas Pressemappe vor. Dann werden wir endlich Franzosen.«

»Und du sagst nicht einmal danke? Nach all dem, was ich für dich getan habe?«

Oscar nahm mich in die Arme. Alles so, wie es im Protokoll »Integration-in-die-Schulgemeinschaft-durch-Vortäuschung-einer-Beziehung« vorgesehen war.

»Tausend Dank«, hauchte er mir ins Ohr. »Ich werfe mich vor dir in den Staub.«

Nach all dem Chaos fand ich keine Ruhe, mit dem Ergebnis, dass ich den Wecker nicht hörte und zu spät in die Schule kommen würde. Ich schnappte mir eine Packung Kekse aus dem Vorratsschrank und wollte gerade die Tür hinter mir zuschlagen, als meine Mutter nach mir rief.

»Amelie, ich denke, das solltest du noch lesen, bevor du gehst«, sagte sie und hielt mir die zusammengefaltete Zeitung hin. »Einen schönen Tag wünsche ich und vergiss nicht, wie wunderbar du warst.«

Schon im Aufzug schlug ich die Zeitung auf. Auf der Titelseite konnte man unten links in riesigen Lettern lesen: »Ein Akt der Menschlichkeit: Der Engel der Verhütung eilt dem illegal in

Frankreich lebenden Schwiegervater zu Hilfe«. Und darunter ein großes Foto mit der ernst dreinblickenden Heldin, wie sie mit verschränkten Armen vor ihrer Lieblingsschule steht.

Als ich das Haus verließ, suchte ich eine Brücke, von der ich mich in den Fluss stürzen, einen Baum, an dem ich mich aufhängen, oder ein Loch, in dem ich versinken könnte. Doch da war nur Oscar, der mich gerührt ansah. Auch er hielt eine Zeitung in der Hand.

»Eine ganze Halbseite! Mit einem Foto von der Kampagne. Du sagst ein paar tolle Sachen über die Nation, über Engagement und Solidarität. Keine Ahnung, wo der Typ das alles hernimmt, aber ich denke, du bist ein Hit. Du könntest bei den nächsten Wahlen antreten!«

Die Versuchung, auf der Stelle umzudrehen und nach Hause zu flüchten, war groß. Doch das war unmöglich. Leider. Eine ganze Schulklasse samt Referenzen wartete auf mich. Man kann eine Initiative, die man selbst ins Leben gerufen hat, nicht einfach im Stich lassen.

»Oscar Lin«, gab ich sarkastisch zurück, »du versaust mein Leben.«

»Nicht mehr lange. In zehn Tagen haben wir Ferien. Und jetzt gib mir die Hand, wir sind an der grünen Mülltonne.«

In dem Moment, in dem ich ihm meine Hand reichte, kamen sie uns schon entgegen. Das war nicht mehr die anonyme tuschelnde Masse, die uns in den letzten Wochen vor der Schule empfangen hatte. Das waren Freundinnen und Freunde, die sich Sorgen machten und wissen wollten, wie es uns und unseren Familien ging. Da begriff ich es plötzlich: Wir gehörten dazu! Ich ging zu Oscar hinüber, der inmitten der Schüler Rede und Antwort stand. Ich umarmte ihn.

»Das ist der helle Wahnsinn! Wir haben es geschafft!«

»Das verdanken wir dir, mein Schatz«, antwortete mein bewundernswerter Mitstreiter. »Das verdanken wir nur dir.«

Marie Desplechin, geboren 1958 in Roubaix, hat Literaturwissenschaft und Journalismus studiert und bereits zahlreiche Kinder- und Jugendbücher geschrieben. Darin bringt sie das Lebensgefühl Jugendlicher mit Witz und Einfühlungsvermögen auf den Punkt. A & O ist ihr erstes Buch im Boje Verlag.